_____ 님 惠存

저자
김 용 석

김용석 (소설·수필) 작품집

영원한 사랑

김 용 석

㈜ 예 다 인

〈소설〉
- 사랑의 싹이 트다 / 1
- 덕순이 청혼을 받다 / 20
- 덕순이네 가족회의 / 34
- 영철이와 덕순이의 미래 설계 / 39
- 마곡사로 향하다 / 47
- 영철이와 덕순이 마곡사에 도착하다 / 60
- 피살이와 태화산 등산길 형사출현 / 92
- 영철이와 덕순이의 사랑 싸움 / 109
- 철창 없는 감옥 / 125
- 청혼한 광산업자 / 131
- 덕순이와 영철이의 편지 / 135
- 약혼식과 결혼일을 정해야 한다 / 141
- 결혼식 10일 전에 안면도로 도망치다 / 152
- 낙화암 추락사고 / 158
- 영원한 사랑을 위하여 / 166

〈수필〉
- 우크라이나 전쟁을 보며 / 177
- 사랑방 추억 / 184
- 편지(便紙)와 우체부(郵遞夫) / 191
- 고목(古木)에 꽃이 피다 / 201
- 명동성당 / 206
- 사기꾼 동창의 말로 / 213
- 서울 안에 있는 태고의 숲 탄천 / 228

작가의 말

황혼녘인 듯 하더니 한 밤을 지나 동녘이 밝아오고 있다.

글을 써보겠다고 했더니 주변에서 그냥 여생을 편안하게 지내는 편이 좋겠다고들 했다. 이 충언이 소설을 써 내려가면서 실감이 날 때가 많았다.

소설 〈영원한 사랑〉은 1945년 전후, 문맹자가 많던 시절에 한 농촌의 야학당에서 영철이와 덕순이의 사랑이 싹트기 시작함을 기원으로 시작된다.

젊은 청년들은 태평양 전쟁터로 끌려가야 하고, 여성들은 일본 피복공장으로 잡혀가 노동에 시달려야하는 시절이어서 그들은 어떻게든 잡혀가지 않으려고 인적이 드문 암자나 절간으로 숨어들어 피난생활을 하였다.

영철이와 덕순이도 마곡사에서 피난생활을 하던 중에 부여 관광을 나갔다가 영철이가 낙화암 절벽에서 추락하는 큰 사고가 발생하였다. 이로 인해 영철이는 피투성이가 되었고 뇌를 다쳐서 죽게 되자 덕순이는 그를 껴안고 차라리 같이 죽으려고 백마강으로 몸을 던졌으나 황포돛배를 타고 유람을 하던 관광객들에 의해 구조되었으나 영철이는 끝내 돌아오지 못했다.

그러나 덕순이는 영철이를 잃은 슬픔을 이기지 못하고 얼마 후 영철이가 죽어간 그 낙화암에서 다시 투신을 했다.

〈영원한 사랑〉은 로미오의 시체 위에 엎드려 죽어간 줄리엣의 사랑보다 더 애절하다 할 수 있다. 영철이가 죽어간 낙화암 절벽에서 백마강으로 몸을 던진 덕순이의 사랑은 줄리엣을 능가하는 애절한 근대판 참사랑의 이야기이다.

 글을 쓰는 사람은 외롭다.
 누구 한 사람 아는 척하거나 알려고 하지 않는다.
 그러나 우리가 사는 사회에 깊이 숨어 있는 참뜻을 밖으로 드러내 많은 사람에게 알려주는 사람이 있어야 그 사회와 국가가 발전한다고 믿고 있기에 나는 밖으로 글을 표출하려 노력했다. 그렇게 우리는 모든 것을 하나하나 후손에게 물려주어야 할 의무가 있는 것이다.

 빈곤한 농부의 가정에 시집 와서 반세기 이상 희로애락을 같이 해온 사랑하는 아내 김정순 님에게 이 책 출판을 계기로 다시 한 번 더 고마움을 전합니다. 아울러 준비하는 과정에 많은 도움과 성원을 보내주신 존경하는 송파 디지털 까페 회원님들과, 원고를 정성을 다하여 교정해 주신 이진훈 시인, 출판을 맡은 예다인 출판의 이형우 사장, 그외에도 도움을 주신 많은 지인들께도 고마운 마음을 전합니다.
 그리고 졸수가 넘도록 글을 쓸 수 있도록 건강을 허락해 주신 하느님께 영광과 감사의 말씀을 올립니다.

2025. 01

작가 김용석

발간축사

 작가 김용석 선생님은 제 고등학교 1학년 때 담임선생님이십니다. 몇 해 전 선생님께서 수필집을 내고 싶은데 도움을 줄 수 있겠냐고 연락해 오셨습니다. 반가운 마음에 선생님께서 쓰신 수필 작품을 하나하나 읽어 보았습니다.
 1935년생이시니 그 당시 아흔을 바라보는 연세이신데, 유년 시절에 대한 기억을 어제 일처럼 수필 작품에 되살려 놓으셨습니다. 그 작품들은 2020년에 수필집 『책보에 싸인 하얀 운동화』로 출간되었고, 선생님께서는 한국문인협회 회원이 되셨습니다. 88세에 한국문인협회 신입회원으로 가입한 사례는 매우 드물 것입니다.
 그 뒤로 선생님께서는 왕성한 창작욕으로 여러 문학 잡지에 수필 작품을 발표하시어 주변 사람들을 놀라게 하셨습니다.

 그런데 지난 9월, 뜻밖에도 선생님께서는 장편소설을 쓰셨다고 소식을 전하셨습니다. 작품을 받아 읽으면서 감탄하지 않을 수 없었습니다.

 첫째는 아흔의 연세에 장편소설을 쓰셨다는 것입니다. 평생 글을 쓰며 살아온 문인들도 글 쓰는 작업을 더이상 잇지 못하고 절필하는 경우가 많은데, 88세에 수필가로 등단한 뒤 다시 90세 장편소설을 쓰셨다는 것은 참으로 놀라운 일이 아닐 수 없습니다. 일본에 시바타 도요(しばたとよ, 1911~2013)라는 여류시인이 있는데, 그 시인은 91세에 아들의 권유로 시를 쓰기 시작하여 99세에 시집 『약해지지 마!』를 출간하였습니다. 더욱 놀라운 것은 그 시집이 무려 150만 부 이상 판매되었다는 점입니다. 두 작가

를 대하면서 '나이는 숫자에 불과하다'라는 말이 실감 납니다.

 둘째, 아흔에 쓰신 장편소설 「영원한 사랑」을 읽으면서 선생님께서는 아직도 순애보적 순수한 사랑의 꿈을 간직하고 있으시다는 점입니다. 영문학을 전공하신 작가답게 「로미오와 줄리엣」을 연상시키는 순정소설을 몇 개월에 걸쳐 쓰고 고치고 또 쓰신 끝에 탈고하셨습니다.
'작가의 말'에 보면 가족을 비롯해 주변에서 많은 분이 출간에 반대했다는 것을 알 수 있습니다. 그럼에도 뚝심으로 출간을 결행하신 것은 선생님의 사랑에 대한 순수한 열정을 소년처럼 간직하고 계셨기 때문입니다.

 아흔의 연세에 원고를 붙들고 씨름하는 동안 행복한 마음이 가득하셨을 선생님의 모습이 눈에 선합니다. 글을 쓰는 일은 다른 어떤 작업보다 노화를 늦추고 정신을 맑고 강하게 합니다. 선생님께서 이 작품 출간 후 다시 작품집을 내시겠다고 하신다면 이제는 주위에서 만류하지 마시고 찬사를 아낌없이 보내 주시기 바랍니다.

 선생님의 장편소설 출간을 축하드리고, 아무쪼록 건강한 몸과 마음으로 건필하시길 두 손 모아 축원합니다.

2025년 새해에

시인 **이진훈** 합장

영원한 사랑

- 사랑의 싹이 트다 / 1
- 덕순이 청혼을 받다 / 20
- 덕순이네 가족회의 / 34
- 영철이와 덕순이의 미래 설계 / 39
- 마곡사로 향하다 / 47
- 영철이와 덕순이 마곡사에 도착하다 / 60
- 피살이와 태화산 등산길 형사출현 / 92
- 영철이와 덕순이의 사랑 싸움 / 109
- 철창 없는 감옥 / 125
- 청혼한 광산업자 / 131
- 덕순이와 영철이의 편지 / 135
- 약혼식과 결혼일을 정해야 한다 / 141
- 결혼식 10일 전에 안면도로 도망치다 / 152
- 낙화암 추락사고 / 158
- 영원한 사랑을 위하여 / 166

사랑의 싹이 트다

 낮에는 논밭에서 일하고 밤에 공부하는 주경야독이 바로 야학당이다. 일제시대에는 '낫 놓고 기역 자'도 모르는 문맹자가 많았다. 따라서 세금고지서나 편지가 오면 이웃에 살고 있는 서당의 훈장을 찾아가 문제를 해결해야만 했었다. 그 당시에는 소학교에 다니는 학생도 극히 드물었다. 특히 남존여비 사상이 팽배해 있어서 여식들을 학교에 보내는 사람은 특별한 가정을 제외하고는 거의 없었다.
 국민교육에 뜻이 있는 어느 마을 인사가 야학당을 만들겠다고 발표를 했다. 이 소문이 마을에 퍼지자 향학열에 불타는 청소년들이 벌떼처럼 모여들었다. 야학당을 만들어 운영하려는 사람은 매우 기뻐했다. 그러나 교실이 부족하여 야학당에 다니고자 하는 학생들을 모두 다 수용할 수가 없어서 야학당 운영자는 곤경에 처하게 되었다. 야학당에 다니고 싶어도 다니지 못하는 청소년들이 많았다. 교실 안으로 들어가지 못하자 야학당 문간에서 공부하는 것을 따라 하는 아이가 있어 마을에서 화제가 되기도 했었다.

　이 사실을 안 야학당 선생이 맨 뒷자리에 책상 하나를 놓아 주어 이 아이가 같이 공부를 할 수 있게 해주었다. 이 아이는 체구는 작았지만 두 눈이 반짝반짝 빛이 났다. 공부하는 태도도 여느 학생보다도 매우 열정적이었다. 야학당에서 시험을 보면 성적도 매우 우수한 편에 속해서 선생님도 칭찬을 아끼지 않았다. 이 아이는 칭찬을 받고 더욱더 신이 나서 열심히 공부했다. 이 소문이 마을에 퍼져서 야학당을 더 크게 지어야 한다는 여론이 일어났다.

　변변한 난로가 없던 시절 낡은 가마솥은 야학당의 좋은 난로가 되었다. 가마솥에 돌을 넣고 뜨겁게 달구면 그 열이 식지 않고 매우 오래 지속되었다. 이런 가마솥 난로를 교실 양쪽에 배치하면 한겨울에도 춥지가 않았다. 반대로 여름철에는 가마솥 안에 모깃불을 놓으면 모기를 쫓아내는 데 안성맞춤 모깃불이 된다.

시골 야학당은 한밤이 되면 여름에도 매우 선선해진다. 모깃불을 피워놓은 가마솥 난로는 뜨겁지가 않다. 특히 비가 오는 저녁에는 온기가 적당히 있어 공부하기가 아주 좋았다.

야학당 선생님은 공무원 또는 회사에 다니는 사람들이 대부분이었는데 학생들에게 야학당 선생님은 인기가 아주 좋았다. 어떤 선생님은 입이 좀 비뚤어졌어도 일등 신랑감이었다. 많은 예쁜 처녀들이 야학당 선생님들에게 청혼을 해왔다.

야학당의 수업 과목은 주로 한글과 산수였다. 이 교재는 지방 소학교의 교과서였다. 야학당의 학생들은 책은 없고 공책과 연필만 가지고 다녔다. 책은 야학당 선생님만 가지고 있었다. 이따금 야학당 학생들의 흥미를 유도하기 위해 단군왕검과 임진왜란 때의 이순신 장군 해전 이야기들을 곁들여 들려주면 학생들은 매우 흥미진진하게 듣고 좋아했다. 때로는 다른 역사이야기도 더 해달라고 졸라대는 학생들이 많아서 선생님들의 또다른 고민거리가 되기도 했다.

야학당 인근 마을에 한영철과 이덕순이라는 두 남녀가 살고 있었다. 마을에서 야학당까지의 거리는 약 1km쯤 떨어져 있었다. 덕순이는 영철이보다 나이가 많았다. 영철이는 덕순이에게 누나 누나 하면서 매일 밤 야학당을 같이 다녔다. 덕순이는 영철이를 동생처럼 생각하여 야학당을 같이 다니면서 영철이가 공부하는 데에 많은 도움을 주었다.

  수업을 마치고 집으로 오는 길에 영철이는 누나 덕순이에게 물었다.

"누나, 오늘 공부 재미있었어? 나는 하나도 재미가 없다. 그래서 나는 야학당 다니기가 싫다. 나는 누나 때문에 그냥 야학당에 따라 다니고 있는 거야."

  라고 했다.

  그러자 덕순이가 영철이를 쏘아붙였다.

"야학당 다니기 싫으면 내일부터 야학당에 나오지 말아. 네가 야학당에 오지 않아도 야학당 다닐 사람은 많아."

  이 말을 들은 영철이는 매우 서운했다. 덕순이 누나가 같이 야학당에 다니자고 말할 거라고 생각했는데 영철이 말이 채 끝나기도 전에 이제부터 야학당에 다니지 말라고 하니 기대했던 것과는 정반대의 말을 들어서 매우 당황스럽고 섭섭했다. 영철이는 만약에 야학당에 다니지 않으면 혼자서 무엇을 하고 지내나 막막했다. 영철이는 공부는 재미없고 덕순이 누나와 같이 야학당에 다니는 것이 그냥 좋았을 뿐이었다. 야학당 공부보다는 덕순이 누나와 뒷동산에 올라가 친구들과 보리수 열매 따 먹던 이야기나 실개천에서 가재와 게를 잡아 구워 먹던 이야기를 나누는 것이 훨씬 재미있었다.

 찜통같이 무더웠던 어느 여름날, 칠흑같이 어두운 밤에 앞을 가늠할 수 없을 정도의 장대비가 쏟아졌다. 영철이는 마음속으로 비가 많이 내려서 개울을 못 건너가게 되면 좋겠다며 '비야 비야 제발 많이 내려라. 오늘밤 이 개울가에서 덕순이 누나와 함께 비를 맞으며 있고 싶다'고 마음속으로 빌었다.
 그러나 우산을 가지고 있던 덕순이가 영철이에게 비 맞지 말고 같이 우산 쓰고 가자고 했다. 영철이는 기다렸다는 듯이 덕순이 옆으로 다가갔다. 덕순이는 영철이에게 누나가 아니라 누님이라고 해야 한다며 보는 사람이 없다고 함부로 말하면 안 된다고 단호하게 말을 했다.

덕순이는 영철이에게 자기 옆에 바싹 붙지 말라고 쌀쌀하게 얘기했는데 영철이는 시치미 뚝 떼고 변죽 좋게 덕순이의 손을 우산과 같이 잡고 발맞추어 기분 좋게 걸어갔다. 영철이의 갑작스러운 행동에 덕순이가 놀라서 '소낙비가 오니까 영철이 얘가 미쳤나 보다'라며 밀쳐냈다. 영철이는 소낙비가 이렇게 많이 오는데 어디로 가란 말이냐며 천역덕스럽게 우산 속으로 들어가 덕순이의 손을 잡고 걸어갔다.

갑작스러운 소낙비로 개울 물이 상당히 불어나 있었다. 영철이는 개울을 건너다 많은 물이 흘러 물살이 센 개울 속으로 덕순이의 손을 잡고 일부러 넘어졌다. 영철이는 속으로 좋아하며 덕순이를 안아 일으켜 주었다. 덕순이는 영철이가 일부러 넘어진 줄을 모르고 물에 빠진 자기를 영철이가 안아 일으켜 준 것이 매우 고맙게 느껴졌다. 영철이는 영철이대로 갑자기 자신이 남자 대장부라는 느낌이 들었다. 날이 어둡고 비가 와서 덕순이 누나가 무서워하고 있는 것 같아 속으로 아주 기뻤다.

갑작스러운 상황에 당황한 덕순이가 영철이에게 따끔하

게 한마디했다.

"얘가 비가 오니까 미쳤어. 자꾸 덕순이, 덕순이 마치 친구 이름 부르듯 하네. 지금 비 때문에 지나가는 사람 없다고 함부로 말하면 안 된다."

그 말을 영철이는 능청스럽게 받아넘겼다.

"그냥 덕순이 누나가 좋아서 그런 거야. 다른 뜻은 없어. 그냥 비가 내리니까 순간 내 머리가 뒤숭숭해졌어."

솔직히 덕순이의 속마음은 영철이의 용감하고 씩씩한 태도가 귀엽기만 하고 미운 생각은 조금도 들지 않았다.

어느덧 비가 그쳤다. 두 사람은 야학당에서 공부하던 이런저런 이야기를 하며 즐겁게 걸어가고 있었다. 그런데 길에서 덕순이 아버지의 친구분을 만났다. 덕순이가 '아저씨 안녕하세요?'라며 인사를 건네자 그 아저씨가 '어허! 야학당에 공부하러 다니기만 하는 게 아닌 것 같구나.' 하며 지나갔다.

덕순이는 아무말 못 하고 '아저씨 안녕히 가세요~' 인사를 했다. 영철이가 덕순이에게

"누나 아버지 친구 아저씨는 왜 야학당에 공부하러 다니

는 거에 시비조로 말을 하는거야 참 이상하네."

 하지만 덕순이는 아버지 친구분을 만난 게 여간 기분이 찜찜하지 않았다.

 "누나, 우리는 야학당에서 공부하고 집에 가는 길이었어. 걱정하지 마, 누나."

 구름이 걷히니 구름 사이로 나온 달빛이 두 사람이 같이 걷는 모습을 비추고 있어 매우 낭만적이었다. 두 사람은 자연스레 행복감에 젖었다. 영철이는 덕순이 집 문 앞까지 같이 걸어가서 '덕순이 누나, 안녕!' 하고는 자기 집으로 신나게 뛰어갔다.

 다음 날 소낙비가 그친 후의 하늘은 푸르디푸르고 구름 한 점 없이 맑고 쾌청했다. 영철이는 조금 일찍 저녁 식사를 마치고 세수하고 덕순이와 함께 야학당에 같이 가기 위하여 길목에서 덕순이 누나를 기다리고 있었다. 영철이는 야학당에 다니며 공부하기보다 덕순이 누나를 만나서 야학당에 같이 걸어가는 것이 더 재미있고 즐거웠다.

 덕순이는 영철이를 보자,

 "왜 야학당에 안 가고 여기서 놀고 있어?"

물었다.

"아니야, 나 지금 덕순이 누나 기다리고 있었던 거야. 나도 방금 왔어. 나는 어제저녁 집에 올 때 비가 와서 참 재미가 있었지."

"영철아, 비 맞는 것이 무슨 재미가 있단 말이야. 허튼소리 하지 마라."

두 사람은 도란도란 이야기를 나누며 야학당으로 갔다. 야학당 문간에 있던 학생들이 덕순이와 영철이가 같이 오는 것을 보고 박수치며 환호했다.

"쟤네들은 왜 우리를 보고 박수를 치는 거야?"

"영철아, 지금부터 우리 같이 다니지 말자."

덕순이의 말에 영철이는 가슴이 무너지는 듯한 느낌을 받았다. 그러나 겉으로는 그럼 같이 야학당에 다니지 말자고 응답을 했다. 한편 덕순이는 내가 좀 가혹한 말을 하지 않았나 하고 잠시 생각을 해 보고 후회했다

야학당에 다닌 지도 수개월이 지났다. 이제 한글을 읽고 간단한 편지도 쓸 수 있는 정도에 이르렀다. 야학당 학생들 사회에서는 〈심청전〉, 〈춘향전〉과 같은 고전을 읽고 그 내

용을 서로 이야기하는 것이 유행이었다. 덕순이는 영철이에게 당시에 유행하는 〈춘향전〉을 읽어 보았냐고 물었다. 그러자 영철이는 춘향이가 어디에 사는 여자요, 또 무엇을 하는 여자냐고 덕순이에게 되물었다.

덕순이는 오랜만에 재미있는 고전 중의 하나인 〈춘향전〉 이야기를 나눠보려고 말을 꺼냈으나, 영철이가 춘향이가 무엇 하는 사람이며, 어디 사는 사람이야고 물으니 영철이의 어이없는 질문에 크게 실망을 했다.

영철이는 덕순이에게 간청했다.

"덕순이 누나 미안해요. 어렵지만 〈춘향전〉 이야기를 해주면 모르기는 하지만 재미있을 것 같아요. 이야기 좀 해주세요."

덕순이는 영철이를 앞에 앉혀 놓고 이야기를 해 주었다.

춘향이는 전라북도 남원에 사는 기생 월매의 딸이다. 춘향이는 아름다운 미모와 고운 심성을 지닌 사람이다. 어느 날 광한루에서 그네를 타고 있었는데 그때 남원사또 아들 이몽룡이 춘향이를 보고는 한눈에 반해버렸다. 그 후 이몽룡은 춘향이를 깊이 사랑했다. 그러나 사회적 신분의 차이로 결혼이 어려움에 빠졌다. 아버지를 따라 한양으로 올라간 이몽룡은 소식 끊겼다. 춘향이는 이몽룡이 돌아오기만을 학수고대하고 있었다. 그런데 그 고을 남원부사 변학도가 춘향이에게 수청 들기를 명했으나 춘향이가 거절을 했다. 그래서 춘향이는 모진 고통을 받다가 결국 감옥에 갇히고 말았다. 암행어사가 되어 남원에 내려온 이몽룡은 춘향을 구해 주고 함께 한양으로 올라가 결혼하여 행복하게 잘 살았다.

영철이가 물었다.

"덕순이 누님, 도대체 남원부사 변학도가 무엇하는 사람인데 자기말 들어주지 않는다고 춘향이를 자기 마음대로 감옥에 보내도 되는 것입니까?"

영철이가 화가 나서 물어보았다.

덕순이가 제법 아는 체하고 답을 했다.

"옛날에는 그런 봉건주의 시대가 있었단다. 지금은 세상이 바뀌어서 그렇게 아니 된다. 그러니까 내가 항상 영철이 너한테 공부하라고 말을 하는 이유가 바로 이런 것이다. 알겠니?"

어쨌든 〈춘향전〉의 결말은 그 두 사람이 사회적 신분의 차이를 극복하고 마침내 결혼하여 행복하게 살았다는 이야기다. 영철이는 이야기를 다 들은 후 덕순이에게 말을 건넸다.

"덕순이 누나, 〈춘향전〉이 참 재미있다. 그런데 이야기가 너무 길고 장원급제, 변학도, 한양, 이런 말들을 처음 들어서 무슨 말인지 잘 모르겠다."

"그러니까 영철아, 나하고 야학당에 같이 다니려면 공부 열심히 해야 한다. 공부 잘 하지 않으면 나하고 야학당 같이 못 다니게 될 거다!"

덕순이가 딱잘라 말했다.

"누나야 알았어. 공부 열심히 할게."

"영철아, 어제 내가 우리나라 고전 중의 하나인 〈춘향전〉 이야기해 준 거 재미있게 들었지?"

"응, 아주 재미있었어. 그런데 〈춘향전〉 이야기를 한 번 더 해 주면 안 될까?"

하면서 〈춘향전〉 이야기를 더 해달라고 졸랐다.

"영철아, 너도 공부 열심히 하고 책도 사서 읽어봐라. 나한테 이야기만 더해달라고 졸라 대지 말고."

"누나, 어디 가서 책을 사야 하나요?"

"책방에 가면 여러 종류의 책이 많이 있다. 책값만 주면 내가 여러 가지 책을 다 사다 줄 것이다."
"누나 식당에서도 책을 파나요?"
"얘가 미쳤어. 식당은 밥 사 먹는 곳이지 책 파는 곳이 아니야."
"누나, 혹시 밥을 먹으며 책을 끼워 팔 수도 있겠지."
"너 지금 나를 놀리는 거니?"
"누나 미안해. 내가 그냥 내 생각대로 말한 거야."

그 후 영철이는 야학당을 졸업해서 한글로 편지도 쓸 수 있는 실력에 이르게 되어서 매우 기뻤다.

야학당 졸업 후, 영철이는 덕순이를 만나고 싶은 마음이 간절했으나 만날 기회가 보이지 않았다. 영철이는 밤에 잠도 제대로 오지가 않았다. 어쩌다 잠이 들면 덕순이와 야학당 다니는 꿈만 꾸었다. 야학당에 같이 다니는 것이 덕순이 누나를 만나는 유일한 기회였는데, 지금은 덕순이 누나의 그림자조차 볼 수가 없었다. 하루는 덕순이 누나를 만나기 위해 누나 집 근처에서 서성대고 있었다. 그때 마침 그 앞을 지나가던 이웃 아주머니가 퉁박을 주듯 물었다.

"너는 왜 여기에서 서성대고 있니? 집에 가서 공부하든지 집안일을 돕든지 할 것이지!"

그 말을 듣고 영철이는 가슴이 뜨끔했다. 아주머니는 남의 속도 모르고 헛소리하지 마시고 집에나 가시라고 혼잣말로 중얼거렸다. 영철이는 덕순이를 만나지 못하자 방구석에 혼자 앉아 덕순이 누나와 야학당 다니면서 세월 가는 줄 모르고 재미있게 지냈던 그 시절로 돌아가고 싶은 마음이 간절하게 그리웠다. 영철이는 공부하고 싶어도 가정 형편상 학교를 다닐 수 없는 게 매우 한스러웠다.

영철이는 자신이 '덕순이'라는 창살 없는 감옥에서 벗어나지 못하고 있음을 스스로도 잘 알고 있었다. 어느 날 영철이는 빨리 이 감옥에서 벗어나야겠다고 굳게 결심하였다. 사내 녀석이 왜 이렇게 나약한가? 나도 얼른 돈을 많이 벌어서 큰 부자가 되어 잘살아 봐야겠다고 결심을 하고 뒷산 골짜기에 가서 크게 울어도 보고 웃어도 보았다. '자~ 용기를 내서 열심히 살아보자!' 이렇게 큰소리로 여러 번 소리를 질렀다. 그러자 마음이 시원하고 기분도 한결 좋아졌다.

한편 덕순이는 여러모로 영철이의 행동거지를 자세히 살펴보았다. 나이는 비록 자신보다 아래였지만 용기도 있고, 영리하고 부지런해서 앞날에 희망이 보이는 청년이라고 생각되었다. 영철이에게는 공부하라는 직설적인 말보다는, 책을 읽고 공부하면 좋겠다고 간접적으로 말해 주는 것이 더 좋겠다는 생각이 들었다. 사람은 좋은 음식을 먹어서 육체에 좋은 영양분을 공급해 주어야 몸과 마음이 건강해진다. 사람은 좋은 책을 읽어서 끊임없이 정신에 좋은 영양을 공급해 주어야 육체와 정신이 똑같이 성장하고 발전하여 큰 사람이 될 수 있다고 덕순이는 믿었다.

영철이에게 고전을 읽으라고 말해주었다. 고전을 읽으면 이미 오래전에 세상을 떠난 옛 사람들과 대화를 하는 것이 된다. 그리하면 그 사람들의 생각과 모습, 사고방식을 잘 알 수가 있게 된다. 그렇게 하면 세상을 보는 눈이 넓어져서 훌륭한 사람이 되는 것이라고 믿었기 때문이다.

백제시대 계백장군 책을 읽어 보면 백제가 망한 이유를 알 수 있게 된다. 계백 장군의 충성심도 짐작이 가고, 이순신 장군에 관한 책을 읽어보면 어떻게 일본이 조선 팔도를 누비고 다녔는지도 알 수 있게 된다. 당시 선조 임금은 무능했고 당파 싸움으로 인하여 국가 안보보다는 개인과 당파의 이익에 우선했다는 것이 분명해진다. 조선말 역사를 살펴보면 국력이 약해서 일본의 통감 정치에 제대로 항의조차 못 했다는 것을 알게 된다. 일본의 침략만 탓할 것이 아니라 우리나라 잘못된 점도 스스로 생각해 볼 만한 가치가 있다는 것이다.

 덕순이는 아는 것이 힘이라고 생각해서 사람은 공부해야 한다고 믿었다. 공부해서 아는 것이 많아야 세상을 살아가는 데 많은 도움이 될 거라고 생각했다. 공부를 안 해서 아는 것이 없으면, 마치 산골짜기에 앉아서 개울과 하늘만 바라보고 사는 것 같다. 책을 많이 읽고 공부를 하면 책 속에 나오는 사람들의 생각을 통하여 지금까지 내가 알지 못한 더 크고 넓은 세상을 알게 되는 것이다. 새로운 세상으로 나아가기 위해서는 많이 알아야 하고, 불굴의 정신으로 노력하면 과거보다 더 좋은 세상에서 살아갈 수 있게 될 것이라고 믿었다.
 덕순이는 영철이에게 과거의 훌륭한 사람들을 알려 주어 영철이가 그들의 정신을 본받아 그들처럼 살아가려고 노력

할 것으로 믿고 위대한 몇 사람을 소개해 주었다.

영국의 대문호 셰익스피어(Shakespeare)는 희곡 〈로미오와 줄리엣〉(Romeo and Juliet)을 썼다. 로미오와 줄리엣 두 사람은 대대로 내려온 원수지간 집안의 자식들이었는데, 두 사람의 사랑으로 두 가문이 화해하고 화목하게 지내게 되었다는 이야기다. 또 셰익스피어의 〈햄릿〉이라는 희곡은 왕자 햄릿의 이야기인데, 햄릿이 자기 아버지의 죽음과 이를 복수하는 내용으로 이루어지는 이야기이다.

다음은 독일의 문호 괴테(Goethe)의 이야기이다. 〈파우스트〉(Faust)가 마왕 메피스토텔레스와 계약을 맺고 영혼을 팔아 영원한 생명과 지식을 얻는다는 이야기이다. 파우스트는 지식, 권력, 사람, 욕망, 고통, 죽음 등 인간의 다양한 감정을 경험하면서 진정한 행복의 의미를 탐닉하는 작품을 썼다.

다음은 우리나라 시인인 김소월의 시, 〈진달래꽃〉은 한국의 현대시가 도달한 최고의 시로서 사랑하는 이와의 이별의 슬픔을 체험으로써 승화한 작품이다.

덕순이는 영철이가 한평생 희로애락을 같이 할 사람이 될지도 몰라서 지난날의 위대한 여러 사람을 영철이를 위해서 소개해 주었다. 덕순이는 영철이를 공부하는 사람으로 만들기 위해 많은 노력을 했다.

영철이가 어느 날 들녘에서 온종일 일을 하느라 땀을 많이 흘렸다. 개울가 웅덩이에서 간단히 목욕하고 지게를 지고 밭고랑 사이를 걸어 나와 집으로 가고 있었다. 이때 멀리서 덕순이의 모습이 눈에 들어왔다. 영철이는 지게의 목발을 두들기며 흥이 나서 덕순이 누나를 만나기 위하여 덕순이가 가는 쪽으로 달려갔다. 덕순이 누나는 김치를 담글 채소를 머리에 이고 한 손에는 다른 보따리를 들고 힘겹게 걸어가고 있었다. 영철이가 자기 앞에 와 있어도, 덕순이는 힘이 너무 들어서인지 영철이를 알아보지 못하고 앞만 보며 가고 있었다.

"누나, 이게 무슨 일이야?"

하자 덕순이가 깜짝 놀라서 가던 걸음을 멈추고 섰다. 영철이는 재빨리 누나가 머리에 이고 있던 것과 손에 들고 있던 것들을 재빨리 빼앗아 자기 지게에 싣고는 아무 말 없이 빠른 걸음으로 덕순이 누나 집 쪽으로 걸어갔다.

"아니 영철아 왜 이래? 너 미쳤어? 남이 잘 가지고 가는 짐을 왜 니 멋대로 빼앗아 자기 지게에 싣고 가는 거야, 나는 싫어?"

뒤쫓아가며 영철이에게 말했다.

그러나 영철이는 대꾸도 하지 않고 그냥 덕순이 집을 향하여 짐을 지고 걸어갔다. 덕순이는 겉으로는 짜증을 냈지만 속으로는 영철이가 남자답고 씩씩해서 마음에 들기 시작했다. 영철이는 덕순이 누나 집 앞에 짐을 내려놓고는 아무 말 없이 돌아서서 자기 집을 향하여 가며 혼잣말로 중얼거렸다. '오늘은 내가 한없이 기쁜 날이다. 그렇게도 만나기를 밤이나 낮이나 고대했던 덕순이를 만나서 덕순이 누나가 하는 일을 도와주었으니 더 이상 좋을 수가 없다.'

영철이 엄마가 영철이에게 물었다.

"너, 오늘 무슨 좋은 일이 있냐? 뭐가 그리 좋아 그렇게 싱글벙글하는 거니?"

영철이는 연신 싱글벙글거리며 대답을 했다.

"엄마, 아무일도 아니예요. 어머니는 모르셔도 됩니다."

덕순이 청혼을 받다

 영철이는 덕순이 만난 후에는 항상 기쁨에 차서 즐겁게 생활하고 지냈다. 덕순이가 언제 다시 무 배추밭에 오는 시간을 알아서 무 배추밭도 잘 매어주고 많은 도움을 주려고 벼르고 있었다. 매일 별다른 생각하지 않고 편안하게 지내고 있었다.
 그러던 어느 날 갑자기 하늘이 무너지는 소식이 영철이에게 전해 왔다. 덕순이에게 청혼이 들어왔다는 것이었다. 이 소식을 듣고 영철이는 가슴이 무너지는 듯이 아팠다. 영철이는 식음을 전폐하고 방안에 누워만 있었다. 영철이 어머니는 영철이를 붙잡고 도대체 무슨 일이 있느냐고 다그쳐 물어보았으나 영철이는 아무 말도 하지 않았다. 영철이 어머니는 사랑하는 우리 아들 잘못되면 죽을지도 모른다고 아들이 보이지 않은 곳에 가서 대성통곡을 했다.

청혼한 신랑 자리의 집안은 논과 밭, 산 등을 많이 가지고 있는 부잣집의 큰아들이라고 했다. 많은 사람이 끼니 걱정하는 춘궁기에도 그 집 앞마당에는 큰 노적가리가 있는 부농이라고 했다. 혼사가 이루어지면 덕순이네 집에 상당한 논과 밭을 사주겠다는 소문도 자자했다. 신랑 후보는 소학교 졸업 후 금융조합에 다니는 미남형 청년으로 신랑감 후보로서는 일등 신랑감이었다. 신랑의 집은 아름다운 동산 자락에 자리 잡은 기와집인데 한 폭의 그림과도 같았다. 집 주변 마당에는 여러 가지 과실수가 있어서 한층 풍요로움을 더해주고 있었다.

덕순이는 이런 부호의 청혼에는 조금도 관심이 없었다. 이 부잣집 곽 씨 신랑감에게 주변 마을 여러 곳에서 청혼이 들어왔지만 오로지 덕순이만이 자신의 유일한 배필이 될 수 있다는 생각에 가득 차 있었다. 다른 청혼자가 더 예쁘고 가문도 좋았지만 모두 다 거절하고 오직 덕순이와 결혼하겠다는 마음이 굳어 있었다.

덕순이는 고민에 빠졌다. 부잣집이라고 하루 밥 세 끼 이상 먹고사는 것도 아니고, 어차피 하루 밥 세 사발이면 족한 데 내가 부잣집으로 시집가면 그 커다란 집 유지 관리에 힘이 겨워 아마도 신세타령이 나올지도 모를 테고, 또 잘났다고 폼 잡으며 으스대는 부잣집 아들로부터 참사랑을 받으며 즐겁고 행복하게 살아갈 수 있을지 걱정이 앞섰다. 더욱이 신랑이 자기만을 사랑하고 떠받들어 달라고 하면 그보다 더 큰 불행은 없을 것 같았다.

하지만 덕순이 부모는 덕순이를 곽 씨 댁으로 시집 보내려고 시도 때도 없이 볶아대니 덕순이의 마음은 착잡하기 그지없었다. 덕순이는 어디로 시집을 가야할지 몰라서 참으로 답답하고 좋은 판단이 서지 않았다.

영철이는 영철이대로 고민에 휩싸였다. 빈농의 아들로 돈도 없을뿐더러 사회적 지위도 없는 가난 농부의 아들이다. 그러나 용감하고 앞날에 희망이 있는 청년이다. 덕순이 누나와 결혼해야겠다는 마음을 절대로 접을 수 없다고 다짐하고 다짐하기를 수없이 반복했다.

이제 혼사 문제는 모두가 다 덕순이에게 달려 있으니 덕순이 누나를 한번 만나서 결판을 내야겠다고 마음먹었다.

영철이는 상처받은 마음을 스스로 달래며 하느님에게 '불쌍한 이 영철이를 도와주옵소서' 하며 눈을 감고 마음속으로 기도를 반복했다.

영철이는 덕순이가 자주 다니는 우물터 길목에서 덕순이 누나가 나타나기만을 하늘만 보며 며칠을 기다렸다. 그러나 몇 날 며칠을 기다렸지만 다 허사였다. 그러던 어느 날 덕순이가 물동이를 이고 한 손에는 무언가를 들고 걸어가고 있었다. 영철이는 단숨에 덕순이가 가는 길목으로 뛰어갔다. 너무나 기쁜 나머지 영철이는 숨을 헐떡이며,

"덕순이 누님 만나기가 나랏님 만나는 것만큼이나 어렵네요."

하고 말했다.

덕순이가 영철이에게,

"네 말투가 달라졌구나. 진작 그렇게 했어야지. 앞으로는 꼭 누님이라고 말해. 알아들었지 영철아?"

영철이는 덕순이에게 단도직입적으로 물었다.

"그간 혼담이 많이 오가는 것 같던데 어찌 되었는지 궁금해요. 누님이 어느 정도의 마음을 정했는지 궁금하네요."

덕순이는 영철이에게 솔직하게 말했다.

"주위 사람들끼리 많은 말을 했을 뿐 나는 아직 마음을 정하지 않았어."
라고 솔직하게 말했다.
"누님 그럼 참 잘 되었군요."
"영철아 뭐가 잘 되었다는 거야?"
하고 물었다.
"누님이 잘 알면서 왜 나에게 물어요?"
하고 퉁명스럽게 말했다.

마을 사람들은 영철이와 덕순이가 주고받는 사랑의 대화를 엿듣고, 요사이 젊은 사람들은 개화되어 용감하게 할 말을 하고 사는 모습이 부럽다고 칭찬하는 사람들이 있는가 하면, 또 다른 한편의 사람들은 집안 어른들이 하라는 혼사를 하지 않고 길가에서 연애질하는 모습이 보기 좋지 않다고 헐뜯는 사람들도 있었다.
영철이는 빈 지게를 짊어지고 집으로 돌아갔다. 영철이 어머니가 영철이를 야단쳤다. 하라는 일은 하지 않고 지금까지 무얼 하며 어딜 돌아다니다 왔냐고 추궁했다. 영철이는 아무 대답도 하지 않고 즐거운 마음으로 자기 방으로 들어갔다. 방 안에서 혼자 거울을 보고 덕순이 생각을 하며 큰소리로 웃었다.

한편 덕순이 집에서는 큰 난리가 났다. 사회적 경제적 면에서 영철이의 집과는 비교가 되지 않는데 무슨 까닭으로 영철이가 아니면 시집을 가지 않겠다고 하는지 납득할 수 없었다. 부모는 참으로 안타깝고 하늘이 무너지는 듯했다. 우선 덕순이를 설득해서 영철이를 버리고 곽민철과 결혼시키는 것이 순리라는 것을 강조했다.

덕순이 아버지는 성품이 대쪽같아 청렴하고 지조가 반듯한 전형적인 선비의 성품을 지닌 사람이었다. 그러니 딸을 가문 좋은 집안으로 출가시키는 것은 당연한 일이라고 생각했다. 집안이 가난한 것은 그리 큰 문제가 되지 않지만, 야학당 공부하러 갔다가 사귄 영철이를 자기의 배필로 삼겠다는 딸의 마음을 조금도 받아들일 수가 없었다.

덕순이 아버지는 딸 덕순이의 머릿속에서 영철이 생각을 지워버리도록 온갖 수단과 방법을 가리지 않고 회유하기로 결심했다. 심지어 농네 우물에 물 길으러 가지도 못하게 금족령을 내렸다. 덕순이는 집안에서 억누를수록 영철이에 대한 사랑의 마음은 더욱 굳어지고 있었다.

  덕순이는 오직 영철이만을 생각하며 골방에 앉아 하염없이 혼자 눈물만 흘리고 있었다. 시간이 흐를수록 덕순이는 심신이 매우 쇠약해져 갔다. 덕순이 어머니는 덕순이의 건강이 더 큰 문제라고 걱정을 하고 있었다.

  어느 날, 식구 모두가 논과 밭으로 일하러 나갔는데, 영철이는 집 안에서 혼자 눈물을 흘리면서 '나는 어찌 이런 빈농 가정에 태어나 학교도 다니지 못하는 가련한 신세로 태어났을까, 그리하여 이런 마음고생을 해야 하나?' 라며 한숨만 쉬고 있었다. 만약 내가 다시 태어난다면 곽 씨네 같이 부자는 아니더라도 학교는 마음 놓고 다닐 수 있는 집안에서 태어난다면 좋겠다 하는 생각을 하며 눈물지었다.

  덕순이 부모의 생각은 보수적이었다. 여자가 공부를 많이 하면 팔자가 사나워진다는 고정관념이 강하였다. 딸인 덕순이를 신학문을 공부하는 학교에 보낸다는 생각은 아예 생각조차 하지 않았다.

  영철이는 덕순이와 결혼할 수 있는 방법을 여러모로 생각해 보아도 뾰족한 수가 없었다. 그래서 영철이는 덕순이와 같이 깊은 산중에 있는 절을 찾아가서, 그 절에서 부처님 앞에 정화수를 정성스레 떠 놓고 스님께 주례를 부탁해서 결혼식을 올리면 좋겠다는 생각도 해 보았다. 그리고 덕순이를 설득하는 방법도 생각해 보았으나 덕순이가 분명 거절할 것 같았다.

그리하여 영철이는 어머니가 덕순이 가정에 정식으로 청혼을 하면 좋겠다는 생각을 했다. 영철이는 어머니 앞에 무릎을 꿇고 간절히 말했다.
"어머니, 제가 간곡히 드릴 말씀 있어요. 오늘 바쁘시더라도 제 말을 진지하게 들어 주시면 좋겠습니다."
"그래, 갑자기 무슨 이야기를 하려는 것이냐, 어서 말해 보아라. 어떤 말인지 들어나 보자. 궁금하다 무슨 좋은 일이라도 생겼다는 것이냐. 지금 엄마는 할 일이 많아 바쁘니까 빨리 말을 해 보아라."
어머니는 영철이를 재촉했다.

"엄마, 저는 덕순이하고 결혼하면 좋겠어요. 빈드시 덕순이하고 결혼해서 행복하게 살고 싶어요."

"뭐라고, 너 지금 뭐라고 했냐? 떡 줄 사람은 생각하지도 않는데 김칫국부터 먼저 마시느냐? 그리고 못 오를 나무는 쳐다보지도 말라는 속담도 있다. 덕순이네 집과 우리 집은 비교가 되지 않는다. 덕순이네 집은 우리와 비교하면 부농에 속한다. 그 집은 양반이라 세도가 당당한 집안이야. 우리는 굶지만 않을 뿐이지 겨우 밥만 먹고 사는 가난한 서민이란다. 그러니 덕순이 집에서 우리와 같이 가난한 집안과 사돈을 맺으려고 하겠느냐? 사람은 항상 자기 분수를 알아야 행복할 수 있음을 알아야 한다."

영철이 어머니는 손사래를 치며 영철이 말을 무시했다.

"영철아, 덕순이와 결혼할 생각은 일찌감치 접고 공부만이라도 열심히 하고 들녘에 나가 일 잘할 생각이나 해라."

라며 영철이에게 충고했다.

영철이는 심각하게 어머니한테 말을 했건만, 어머니는 가벼이 그냥 지나가는 말처럼 크게 귀담아듣지를 않았다. 그저 아들이 떠벌리는 말이라고 생각을 하니 영철이는 마음에 깊은 상처를 입었다. 영철이는 다시 한번 말을 했다.

"아니 어머니, 제가 어머니께 그냥 장난 소리 하는 줄 아세요? 이 문제만큼은 제 인생에 매우 큰 일입니다. 어머니

깊이 생각해 보세요. 저에게는 아주 중요한 일입니다."

그러자 어머니가 영철이에게,

"설령 결혼한다 해도 초가삼간에서 우리 세 식구가 살고 있는 우리로서는 우선 너희가 결혼해서 기거할 방조차도 없다."

"그런 것들은 문제가 되지 않아요"

"아이고, 어찌 그리 철딱서니가 없느냐? 덕순이와 결혼한다는 건 그림의 떡이니 생각도 말아라."

"어머니 말씀이 지나치세요. 사람이 뭐 처음부터 집과 논밭을 짊어지고 태어납니까? 살아가다 보면 모든 것들이 서서히 이루어지는 것입니다. 지금 당장 좀 가난하다고 자포자기하면 안 됩니다."

영철이 어머니는 다시 말을 이어갔다.

"덕순이는 지금 혼인할 적기이다. 여자는 남자와 달라서 혼기를 놓치면 안 된다. 영철이 너는 나이가 덕순이보다 많이 어리다. 너는 아직 장가갈 나이가 되지 않았어."

"어머니, 시간이 지나면 다 해결되는 일입니다. 제발 어머니가 덕순이 모친께 정식으로 사돈 관계를 맺자고 말씀해 주세요."

"그 말은 매우 철이 들지 않은 말이다. 원래 혼인이란 중신아비가 있어 다리를 놓아야 되는 것이란다."

영철이 어머니는 완고했다. 아무리 떼를 써보아도 해결책이 나오지 않음을 알았다. 그래서 어머니의 도움으로 덕순이와 결혼하려던 생각은 포기해야겠다는 생각이 들었다.

별별 생각을 다 해 봤지만 뾰족한 방법이 떠오르질 않았다. 영철이는 가슴이 무너지는 듯했다. 나는 어찌하여 이렇게 가난한 집에 태어났을까 생각하며 눈을 감고 앉아 한숨만 쉬고 있었다. 내가 왜 이 세상에 태어났나, 태어나지 않았으면 이런 고민도, 고통도 없을 텐데 하는 생각에 슬픔이 나의 가슴을 갈기갈기 찢어 놓았다.

영철이는 내 문제는 내가 스스로 해결해야겠다 결심을 하고 덕순이 집안에서 나하고 결혼해 줄 수 있는지 없는지를 결판을 내봐야겠다고 다짐을 했다. 덕순이와 결혼할 수 있는 유일한 길은 오직 둘이서 집을 나와 도망을 치는 것이었다.

영철이는 어느 날, 큰 마음을 먹고 덕순이네 집 담장을 몰래 넘어 들어갔다. 덕순이가 거처하는 방문을 조그마한 돌로 똑똑 두들겼다. 덕순이가 큰 소리로 외쳤다.

"누구세요? 말로 하지 왜 돌로 문고리를 두들기는 거예요?"

덕순이는 순간적으로 강도나 도둑이 들어오지 않았나 놀랐다.

"큰 방에 할아버지와 할머니께서 주무시고 계신데 거기에 가면 좋은 물건이 많이 있을 거예요. 그냥 아무 말 하지 말고 좋은 물건 골라 가지고 가세요."

"나는 도둑이 아닙니다. 누나, 나 영철이예요, 누나 만나러 왔어요"

라고 속삭였다.

그러자 덕순이 안심이 되는지 큰 한숨을 내쉬고는 나즈막히 말했다.

"왜 낮에 오지 도둑놈처럼 밤에 담을 넘어오냐? 이 밤에 무슨 일이야?"

덕순이를 만난 영철이는 속이 타들어가는 목소리로 말했다.

"누님, 이렇게 갑자기 한밤중에 찾아와 미안해요. 우리가 만날 다른 방법이 조금도 없어서 이렇게 할 수밖에 없있어요."

덕순이가 영철이에게 무슨 묘책이라도 있느냐고 물었다. 영철이는 덕순이에게 어머니에게 그 혼사 포기하라고 설득하고 자기와 결혼하겠다는 뜻을 분명히 말을 하면 어머니께서도 결혼해도 좋다는 허락을 해줄 것으로 확신한다고 말했다.

웬일인지 덕순이도 영철이의 말에 뜻을 같이했다.

"그래, 네 말도 일리가 있고 좋은 생각이야. 우리 어머니께 너와 결혼할 수 있게 허락해달라고 청을 해야겠다."

덕순이의 말을 들은 영철이는 펄쩍펄쩍 뛰면서 기뻐했다. 삼 년 묵은 체증이 뻥 뚫리는 듯 시원해서 하늘을 훨훨 날아가는 기분이 되었다. 영철이는 진심으로 순수하게 사랑하는 덕순이와 결혼을 하면 일생을 행복하게 그리고 일생을 잘 살아갈 수 있을 거라고 다짐했다.

다음 날 덕순이는 어머니와 함께 앉아 김칫거리를 다듬으면서 농사짓는 이야기를 주고받았다. 즐거운 여러 가지 다른 이야기도 많이 했다. 덕순이는 하늘이 준 좋은 기회라 생각하고 어머니에게 간절하게 말을 건넸다.

"곽 씨 집안에서 들어온 혼사는 안 들어온 것으로 해주세요. 저는 영철이와 결혼하기로 결심했습니다."

이 말을 들은 덕순이의 어머니는 하늘이 무너지는 듯하고 앞이 보이지 않았다. 한참 동안 마음을 진정시키고 심호흡을 했다.

잠시 후, 덕순이 어머니가 무거운 입을 열었다.

"덕순아, 지금 네가 제 정신이니, 미쳐도 한참 미쳤구나. 가문 좋은 양반집에서 들어온 혼사를 제쳐놓고 춘궁기에 먹거리를 걱정하며 사는 보잘것없는 가난한 집안 사내와 결혼을 하겠다니 큰일이 났구나. 만약 이 말이 할아버지와 할머니 귀에 들어가면 집안이 어떻게 될지 상상만 해도 끔찍한 일이다. 다시는 이런 이야기 절대로 꺼내지도 말아야 한다. 영철이와 혼인하겠다는 생각은 아예 접어두어라. 나는 네 말 듣지 않은 것으로 하겠다."

단호하게 말을 잘랐다.

덕순이는 어머니를 설득했다.

"영철이네 집이 부자는 아니지만 먹고 사는 데는 걱정이 없습니다. 그리고 영철이는 건강하고 씩씩하여 앞날에 희망이 보이는 남자다운 청년입니다."

덕순의 어머니는 다듬던 김칫거리를 밀어놓고 자리를 박차고 밖으로 나가버렸다.

덕순이네 가족회의

덕순의 어머니는 집안 어른을 모시고 가족회의를 열어 덕순이 혼사 문제를 매듭짓기로 결심했다. 가족회의 참석을 위해 서울로 공부하러 간 아들도 집에 오도록 편지를 했다. 할아버지를 비롯하여 모든 가족이 한자리에 모여 가족회의를 열었다.

덕순이 결혼 문제는 우리 집안의 중차대한 문제라고 할아버지가 말씀했다. 덕순이에게는 오늘 가족회의의 결정을 꼭 따를 것을 당부하셨다. 덕순이의 결혼은 덕순이 마음대로 혼자 결정할 수 없다고 가족회의에서 결론을 내렸다.

그런데 가족회의에 참석하기 위해 서울에서 내려온 큰아들이 말문을 열었다.

"세상이 하루하루 변하고 발전해 가고 있습니다. 과거의 고루하고 봉건적인 사고방식은 깨끗이 버려야 합니다. 할아버지, 할머니께는 매우 송구하지만 결혼은 할아버지, 아버지가 하시는 것이 아니라 덕순이가 하는 것입니다. 덕순이의 의견을 가장 존중하여 덕순이가 사랑하는 사람과 결혼하게 하는 것이 합리적이고 순리입니다."

서울에서 공부하다가 돌아온 덕순이 큰오빠의 말에 덕순이네 전통적인 가문에서는 감히 생각할 수조차 없었던 큰 변화가 일어나기 시작한 것이다. 한참 동안 무거운 침묵이 흘러갔다. 할아버지께서는 우리 양반 집안 가풍이 무너지기 시작했다고 걱정스러운 말만 되풀이하였다.

양반집 가장의 말은 신성불가침이었다. 감히 가장의 말을 거역하지 못하던 시절이었다. 그러나 덕순이 오빠는 우리나라의 봉건적 가족제도가 없어져야 한다고 강조했다.

"전쟁이 나서 나라가 위험에 처할 때 임금과 양반들이 앞장을 서야만 백성들이 존경하고 국가가 번영하는 것입니다. 임진왜란이 발발했을 때 임금은 의주로 피난하였고, 양반들은 산으로 도망 갔습니다. 그 후 일본의 지배를 받기 시작했습니다. 지금도 우리 조선 땅에서 일본 사람이 득실거리고 있습니다."

 덕순이 오빠의 이러한 말은 코페르니쿠스(Nicolaus Copernicus 1473.2~1543.5)적인 현상이라고 말할 수 있는 위대한 큰 변화인 것이다.

 이 말을 들은 가족들은 큰일 났다고 펄쩍 뛰며 만약 이 말이 일본 사람의 귀에 들어가기라도 한다면 우리 집안은 영원히 멸망할 수도 있다고 입단속을 시켰다. 함부로 떠들지 말고 각별히 조심하라고 했다.

 할아버지께서는 몹시 화가 나셔서,
 "난 모르겠다. 너희들이 버릇없이 어른들의 말을 거역하다니 불효막심이다."
 하면서 밖으로 나갔다.
 덕순이 아버지도 자식들에게 할아버지의 말씀을 따라야 한다고 거들었다.
 "덕순아, 네 맘대로 결혼은 못 한다, 할아버지 말씀 잘 새겨듣고, 할아버지 말씀대로 영철이 생각은 단념해라."
 엄명을 내리고 밖으로 나갔다.
 덕순이네 가족회의는 이렇게 끝이 났다.

그 분위기는 난장판과 같이 어수선했다. 덕순이 아버지와 어머니는 딸 교육 잘못시켰다고 서로 누군가 책임져야 한다고 언쟁을 벌였다. 양반 집안이 내세우던 가장의 권위가 무너져 버린 것이다.

  양반이나 서민들 모두 가장의 권위에 금이 가기 시작을 했다. 덕순이네 집안뿐 아니라 서민들도 할아버지나 아버지의 말은 절대로 거역해서는 아니 되고 무조건 복종하는 시대 풍조가 점점 무너지기 시작한 것이다. 결혼에 대한 기본 철학이 변화하기 시작했다. 이전엔 자식들의 결혼은 집안 어른들끼리 만나 결혼을 정하면 자식들은 자신들의 배우자를 결혼식 당일 처음으로 얼굴을 서로 볼 수 있었던 것이었다. 그런데 이러한 풍속이 점점 사라지며 결혼은 당사자가 최소한도 한 번쯤은 양가 부모와 함께 서로 보고 결혼을 하게 되는 문화가 시작되었던 것이었다.

  여자들은 아침부터 보리를 방아 찧어 아침저녁 식사 준비하기에 바빴다. 식사 때가 되면 여자들은 부엌에서 밥을 짓고, 반찬을 열심히 만들어 상을 차려서 안방으로 가져갔다. 안방에는 할아버지, 할머니, 아버지, 어머니, 아들들이 식사 시간을 기다리고 있다가 그 상을 받아 밥을 먹은 후 상을 물리면 그 상이 부엌으로 나온다. 그러면 며느리와 딸들은 부엌에서 남은 반찬으로 식사를 마치고 설거지를 했다. 그 당시 농촌에서는 그러한 생활 습관을 당연한 것으로 생각했다. 여자들도 당연한 것이라 여겨서 불평하지 않았다.

 덕순이네 가족 이야기가 그 동네에 널리 전파되어 그 지역 사람들의 의식에 작은 변화가 나타나기 시작되었다. 덕순이네 가정의 고질적인 인습을 허물어 버리는 가족회의를 축복하는 봄비가 많이 내리는 듯했다. 비가 내리자 마을 사람들은 모두 논밭으로 일하러 나갔다. 마을 주변은 봄비가 내린 후 아름다운 꽃이 만발하여 벌과 나비들이 이 꽃 저 꽃으로 날아다니는 풍경은 지상의 낙원이 된 듯하였다. 젊은 청춘남녀가 속삭이며 거니는 모습이 여기저기에 보여서 봄이 한층 풍요롭고 예쁘기만 하였다.

영철이와 덕순이의 미래 설계

영철이와 덕순이는 미래를 설계하는 대화가 시작되었다. 서울에 가서 돈이 되는 일이면 아무것이든지 열심히 하자고 뜻을 모았다. 많은 돈을 벌어서 고향에 내려가 좋은 기와집을 짓고 논과 밭, 그리고 산도 사서 잘 살아보자고 손가락을 걸기도 했다. 고향에는 아침저녁으로 밥을 얻으러 다니는 거지가 많은데 이 거지들을 위해 집을 지어 쉬어 가도록 하자는 거창한 사회사업 구상도 빼놓지 않았다. 그곳에서 식사 대접도 하면 죽어서 극락 세계에 가서 행복하게 같이 살 수 있을 것이라는 꿈도 설계했다.

둘은 서울로 가기로 굳게 약속을 했다. 마을 사람들이 들녘으로 일하러 가서 마을에는 집에 있는 사람이 별로 없었다. 이 틈을 타서 두 사람은 각자 집에 '우리 두 사람은 서울로 돈벌이하러 떠나니 너무 걱정하지 마세요. 서울에 가서 돈 벌고 자리 잡으면 어머니 아버지 서울로 모시러 다시 고향에 오겠습니다.'라고 몇 마디 적어놓고 집을 나와 서울행 버스 타고 고향을 떠났다.

그때가 태평양 전쟁이 한창 벌어지고 있을 때였다. 일본에서는 군수물자가 많이 부족하여 놋쇠로 만든 수저, 밥그릇, 요강, 비녀 등을 강제로 공출이란 이름으로 빼앗아갔다. 많은 젊은 청년들은 일본 현역 장병으로 잡혀갔다. 좀 나이든 사람들은 보국대란 명목으로 일본 군수 공장으로 끌려가야만 했다. 결혼하지 않는 처녀들은 일본 군인 피복 공장으로 뽑혀 갔다. 그래서 처녀들은 가문의 빈부를 가리지 않고 결혼을 서둘러 하는 일이 빈번했다. 그래도 강제로 일본으로 잡혀가는 것보다는 좋다고 생각했기 때문이었다.

사회가 매우 어수선한 시기에 버스 타고 서울로 가기가 쉬운 일이 아니었다. 공주 인근 검문소에서 일본 헌병과 순사에 의해 강제로 하차했다. 공주주재소로 끌려가서 서울에 가는 목적이 돈벌이가 아니고 독립운동의 요원이라는 의심을 많이 받고 심한 조사까지 받았다.

조사 결과 독립운동 연락자가 아니라는 판명이 나자 영철이는 일본 현역병, 덕순이는 일본 군인 피복공장으로 가는 것이 강제로 확정되었다.

두 사람은 눈을 수건으로 가리고 군용 트럭에 태워졌다. 트럭에서 내려 주변을 보니 산자락 넓은 곳에 큰 건물 두 채가 있었다. 왼쪽 건물에는 여자들이, 오른쪽 건물에는 남자들이 모여 있었다.

영철아 걱정하지 마라. 우리는 수백 년 된 구습의 굴레를 벗어버리고 새 시대의 새 사람으로 태어났다. 우리가 지금은 일본 순사와 헌병에 잡혀 있지만 이를 탈출할 방법은 무수히 많다. 영철아 너무 걱정하지 말고 여기에서 제공하는 식사를 잘 먹고 우리 탈출할 기회를 상의해 보자고 덕순이가 말을 했다.

일반 백성들은 식량이 부족하여 제대로 밥을 먹기도 힘든 형편이었다. 일본 군인으로 끌려갈 사람들에게는 쌀밥에 쇠고깃국을 끓여 주었다. 마음 놓고 실컷 먹을 수 있었다. 저녁 식사를 잘 먹고 좀 어누워졌을 때 두 사람을 만나 탈출할 방법을 상의했다. 소문에 의하면 다음날 오후 군용 트럭을 타고 대전으로 간다고 했다. 대전에서 하루 쉬고 저녁 군용열차로 부산에 가서 그곳 항구에서 일본행 군함을 타고 일본으로 간다고 했다. 일본에 도착 직후 약식 군사 훈련을 받고 즉시 태평양 전쟁터에 투입된다고 했다. 대전에서 부산행 군용열차 타지 않을 방법이 어디 있나 영철이가 말을 하자 덕순이가 정답을 내놓았다.

우리는 야간 군용열차 끝 칸에 타고 있다가 군용열차 출발 기적 소리 나면 군용열차에서 뛰어내린다. 그리고 대전에 사는 사람처럼 서서히 손잡고 걸어가면 일본 순사들도 눈치채지 못할 것이다.

맑은 하늘에는 별이 총총 빛나는 것을 올려다보자니 갑자기 적막감이 느껴졌다. 그 순간 검은 연기를 힘차게 내뿜으며 군용열차 출발 기적 소리가 크게 울리기 시작했다.

강제로 끌려가지만 술과 푸짐한 식사로 사람들은 그래도 즐거운 대화를 나누었다. 두 번째 기적소리 울리고 군용열차가 움직이기 시작하자 두 사람은 동시에 차에서 뛰어내려서 기차가 멀리 떠날 때까지 움직이지 않고 철로에 납작 엎드려 있었다. 잠시 뒤에 두 사람은 일어나 논산 방향 철길을 따라 마을 연인이 산책하듯이 걸어가고 있었다.

덕순이 집에서는 난리가 났다. 덕순이네 가정은 스스로 양반임을 자칭하며 자존심을 가지고 대대로 내려온 명문 집안이다. 온 가족이 할아버지 말에 절대 순종하는 전통이 무너지고, 손자와 손녀가 할아버지의 말씀을 거역하고 손녀는 말없이 집을 나갔으니 하늘이 꺼지는 듯했다.

　이때 마을 사람들도 모여 앉기만 하면 영철이와 덕순이의 이야기로 시끌시끌했다. 양반이라고 큰소리치며 살던 집 딸이 사랑하는 남자와 같이 가출까지 해 어디로 갔는지 모르니 세상에 많이 변했다고 사람들은 쑥덕거렸다. 어떤 사람은 덕순이의 처사를 놓고 참 잘했다, 세상이 하루하루 변해가고 있는데, 옛 조상이 벼슬 한 번 했다고 그 지위를 계속 계승하려 하는 것부터 때려 부숴야 한다는 사람이 있는가 하면, 그래도 여자가 사랑하는 사람과 집을 나간다는 것은 참 과한 일이라고 하는 사람도 있었다.

　한편 영철이 집에서는 영철이의 건강과 안전을 기원하는 치성을 드렸다. 영철이 어머니는 착하고 잘생긴 우리 아들 영철이를 덕순이가 유혹하여 집을 나갔다고 동네 사람들과 같이 모여 앉기만 하면 이야기했다. 일부 마을 사람들은 꼭 그런 것은 아니라고 설득해도 영철이 어머니는 계속 자기 주장을 우겨댔다. 영철이 어머니는 남의 딸자식 덕순이는 손톱만큼도 걱정하지 않았다. 그래도 후일 며느리가 될 사람인데 자기 아들만을 항상 걱정하는지 모르겠다는 사람들도 있었다. 영철이 어머니는 매일 조석으로 정화수를 장독 앞에 놓고 천지신명님, 제발 우리 아들 영철이 별 탈 없이 건강한 몸으로 집에 돌아올 수 있도록 도와달라고 밤낮으로 기도했다.

영철이 아버지가 아내에게 한마디했다.

"당신은 아들만 걱정되어 정화수 떠놓고 기도하고 있는데, 앞으로 우리 집 식구가 될지도 모를 덕순이에 대해서는 걱정하는 모습을 찾아볼 수 없으니, 당신은 큰 잘못을 하고 있는 거요. 앞으로는 덕순이도 무사히 돌아오게 해 달라고 기도와 정성을 하도록 해 봐요."

잔소리를 들은 아내도 지지 않았다.

"이제 내 앞에서 덕순이 이야기 앞으로 하지 마세요. 듣기 싫습니다."

"듣기 싫어도 내 말 잘 들어 보시오. 내가 덕순이를 보고 느낀 대로 말을 할 테니 참으시고 잘 들어보시오. 덕순이는 키도 크고 이목구비가 뚜렷해요. 그리고 귀태가 완연합니다. 특히 덕순이 귀가 크고 잘 생겼습니다. 앞으로 부귀 영화를 누릴 수 있는 관상입니다."

영철이 어머니가 발끈했다.

"당신 완전히 덕순이한테 미쳤구려. 듣기 싫소. 덕순이 이야기 제발 그만하시오."

"그러지 말고 영철이와 덕순이가 돌아오면 바로 혼례를 올립시다. 우리 집은 매우 비좁으니 집을 개축하든지 좀 더 큰 집으로 이사할 수 있도록 주선 좀 해 줘요."

라고 말하자 영철이 어머니는 다시 발끈했다.

"언제 돌아올지도 모르는데 무슨 집 이야기를 하십니까?"

"태평양 전쟁도 초기에는 일본이 이기는 듯하더니 시간이 흐르자 일본이 계속 전쟁에서 밀리고 있어 세상도 머지않아 끝이 날 겁니다. 우리 자식들도 집에 곧 돌아올지 모르니 준비를 합시다."

"지금 당신 무슨 말씀하시는 거예요? 이 말을 일본 순사가 들으면 우리 집은 쑥대밭이 될 겁니다. 이런 말씀 앞으로 하지 마십시오."

그 후부터는 영철이 어머니도 장독대에 정화수를 떠 놓고 영철이와 덕순이가 탈 없이 집에 돌아올 수 있도록 해달라고 매일 기도를 했다.

마곡사로 향하다

 군용열차에서 뛰어내린 두 사람 마곡사를 향해 걷기 시작했다. 군용열차에서 탈출한 두 사람은 서남쪽 오솔길을 따라 밤길을 걸어갔다. 아무리 생각해 보아도 살아갈 길이 막막하고 뾰족한 수가 생각나지 않았다. 당장 걱정거리가 일본 순사와 만나 다시 일본으로 잡혀가면 어떻게 하나 걱정이 앞을 가렸다. 아침밥도 못 먹었으나 불안감에 배도 고프지 않았다. 주막집에 들러 냉수 한 대접 얻어 마시고 나니 좀 정신이 들면서 갑자기 허기가 몰려왔다. 배가 너무 고픈데 주머니에 가진 돈이 없어 주막집 주인아주머니에게 애걸해 보았으나 단칼에 거절당했다.

 남쪽으로 난 낯선 길을 따라 두 사람은 터벅터벅 무작정 걸었다. 한참 동안 걸어가다 보니 다행히도 새참을 먹는 농부들을 만났다. 배가 너무 고픈데 밥 좀 얻어먹을 수 있냐고 기어드는 목소리로 간청했더니 천만뜻밖에도 농부가 앉으라며 밥을 덜어 주었다.

"밥은 있는데 반찬이 변변찮아요. 그래도 좀 떠먹어 보겠수?"

"무슨 말씀을요! 고맙습니다."

영철이와 덕순이는 농부들이 건네주는 밥그릇을 두 손으로 받아들었다.

"시장이 반찬이라고 찬이 마땅찮아도 한 숟깔 떠봐요."

"고맙습니다. 고맙습니다. 잘 먹겠습니다."

둘은 밥숟가락을 게눈 감추듯 하면서도 농부들의 넉넉한 인심에 탄복했다.

"그런데 젊은이들은 남매신가? 아니면 부부신가?"

허겁지겁 밥술을 뜨던 영철이가 우물쭈물 선뜻 답을 못하고 있자 덕순이가 숟가락을 내려놓고 대답을 했다.

"네, 저희들은 갓 결혼한 부부예요. 마곡사 아랫마을에 시조부모님이 사시는데 인사 드리러 가는 길인데 초행길이라 길이 서툽니다."

덕순이의 당돌한 답에 영철이는 내심 감격을 했다.

"아, 그러시구만. 여기서 한 시간 정도 남쪽으로 쭉 걸어가면 공주, 부여, 논산으로 갈라지는 삼거리에서 공주 쪽으로 가면 되니까 가다가 물어물어 가면 마곡사를 갈 수 있을 거요."

농부는 자식에게 길 일러주듯 친절하게 마곡사 가는 길을 알려줬다.

허기를 달랜 두 사람은 농부가 알려준 길을 따라 도란도란 재미있게 이야기하며 길을 떠났다. 어느덧 해가 서산에 뉘엿뉘엿 넘어가고 있었다. 산그늘이 마을과 들녘을 시나브로 덮치고 있었다. 농부들은 들녘에서 일을 마치고 쟁기는 지고 소를 앞세우고 노을진 들길을 가고 있었다. 정답게 도란도란 이야기하며 들길을 가는 부부 농부들의 모습이 매우 아름답게 보였다.

영철이와 덕순이는 일본 순사에게 언제 잡혀갈지 몰라 항상 마음이 항상 불안했다. 길을 걸으면서도 사방을 휘둘러보는 버릇이 생길 정도였다. 실개천 건너편에 조그마한 마을이 평화롭게 펼쳐져 있었다. 저녁밥 짓는 연기가 이집 저집에서 봄바람에 이리저리 날리고 있었다. 어떤 농부는 쟁기를 지고 소를 몰고 가기도 하고, 어떤 농부는 부부가 정다운 이야기 하며 집으로 가는 풍경은 부러운 마음이 간절했다.

그 모습에 덕순이가 갑자기 고향 생각에 눈물을 흘렸다. 어느 집에 들어가 밥도 얻어먹고 아무 탈 없이 하룻밤 지내고 마곡사를 향해 무사히 떠날 수 있을지 불안하기만 했다. 영철이와 덕순이가 상의한 결과 여러 집이 모여 있는 집보다 외딴집을 택하는 것이 일신상 안전할 것으로 의견의 일치를 보았다. 두 사람은 하룻밤 유숙을 청한 집 주인이 재워줄 수 없다고 거절하면 어떻게 하나 걱정이 태산이다. 재워 줄 수 없다면 저녁 식사 한 끼라도 해결했으면 좋겠다는 생각이 들었다.

동네에서 멀리 떨어진 외딴집을 찾기는 했으나 선뜻 집주인을 부르지는 못했다. 싸리문 옆에서 집주인이 나타나기를 기다렸다. 얼마가 지나자 부엌에서 할머니 한 분이 나오면서 도대체 당신들은 누구인데 남의 집을 기웃거리냐며 의혹의 눈빛을 보였다.

"마곡사를 찾아가는 사람인데 날이 저문 데다 배마저 고파서 염치없이 들렀습니다. 염치없이 이렇게 찾아와 죄송합니다. 용서해 주세요."

"마곡사를 간다구? 아이구, 젊은 사람들이 무슨 잘못한 일이 있어야 용서하지. 다리도 아플 터인데 우선 마루에 앉아요."

집주인의 따뜻한 말에 '천우신조구나 이젠 살았구나'를 열 번 스무 번 속으로 주억거리며 집주인을 따라 집 안으로 들어가 마루에 앉았다.

"반찬이 별거 없어요. 그냥 우리가 먹는 상에 밥 한 술씩 줄 테니 함께 먹읍시다. 먼 길 오느라 많이 시장할 텐데 어서 먹읍시다."

감지덕지한 마음으로 감사 인사를 하자 할머니가 부엌으로 들어가며 말을 건넸다.

"날도 어둡고 갈 길도 먼데 우리 집에서 저녁 먹고 하룻밤 묵어가요. 우리 집은 늙은이 둘이 살아서 깨끗하지는 못해도 남는 방이 하나 있어요."

덕순이는 눈치 빠르게 부엌으로 따라 들어가서 할머니가 저녁 식사 준비하는 일을 열심히 도와주었다. 할머니가 아무 말씀도 하지 않았는데도 물동이를 이고 우물에 가 물을 떠서 머리에 이고 부엌에 들어가자 할머니는 놀라워 하며 좋아하셨다.

"아이고 뉘집 새댁인지 예쁘다. 그냥 마루에 앉아서 쉬고 있으라니까."

일본의 폭정이 날로 심해 갔으나 아직도 우리 농촌의 인심은 예나 다름없이 살아남아 있음을 새삼 느꼈다. 저녁 식사 후 집주인의 호의에 감사한 마음으로 덕순이는 부엌에 가서 할머니의 설거지를 도와주었다. 설거지가 끝나고 다시 마루에 주인 내외와 마주 앉으니 주인 영감님이 걱정스러운 목소리로 훈계를 했다.

"무슨 사연인지는 모르겠으나 이렇게 젊고 고운 두 사람이 객지로 떠다니면서 고생을 하는지 궁금하구만. 태평양 전쟁 말기라서 군인이 많이 부족한지 장날에는 젊은 사람들을 잡아가려고 일본 순사들은 혈안이 되어 있다네. 정신 차려야지 잘못하다가는 잡혀간단 말이야. 고향으로 되도록 빨리 가는 것이 최선이라네."

두 사람은 집주인의 말을 듣고 깊은 시름에 빠졌다. 그러나 덕순이는 이미 이쯤 되었으니 한 번 먹은 마음 변하지 말고 초지일관하자고 영철이를 다그쳤다.

덕순이의 단호한 말에 영철이의 약한 마음도 굳어졌다. 아침 식사까지 얻어먹고 집주인 어른에게 공손히 절하고 마곡사로 향해 떠났다.

　마곡사로 가는 길을 따라 한참 동안 걸어가는데 정오를 알리는 오포가 울렸다. 오포 소리를 듣고 영철은 깜짝 놀랐다.
　"아이고 우리 잡으러 오는 소리 아냐?"
　"애야 영철아, 점심시간 알리는 오포다."
　"덕순이 누나, 나는 배가 많이 고프다. 어디에서 점심을 얻어먹지?"
　"영철아, 나는 뭐 배부른 줄 아냐? 나도 배고프단 말이야. 내가 니 밥이야. 툭하면 배고프다고 왜 짜증을 내느냐 말이다. 앞으로 나한테 배고프단 말 절대로 하지 마라."
　그날 밤은 저녁 식사도 제대로 얻어먹지 못하고 주막집 사랑채에서 새우잠을 자고 일어났다.
　동쪽 산 정상에 아침놀이 벌겋게 물들기 시작했다. 햇살은 나지 않았지만 그래도 칠흑같이 어둡지는 않았다. 마을 어디선가에서 닭 우는 소리는 고요한 새벽을 깨우고 먼동이 트니 농부들은 일어나 아침 식사하고 논과 밭에 나가 일할 준비를 하느라고 바쁘게 움직이고 있었다.

그날도 많은 집이 모여 있는 마을보다 좀 한가하게 보이는 동산 아래 집을 찾아가기로 합의했다. 집이 모여 있는 곳으로 가면 마을 사람 중에 우리 두사람을 수상하게 보고 일본 주재소에 고발하면 주재소 형사에게 잡혀가 참기 어려운 문초를 받게 될 것이다. 고통을 참지 못해 고백하면 대전에서 부산으로 가는 군용열차에서 탈영했음이 드러나 일본으로 다시 잡혀가는 것은 불 보듯 뻔한 일이었다.

덕순이가 아침 식사 전에 외딴집으로 가야만 아침을 얻어먹을 수 있으니 부지런히 외딴집으로 가자고 서둘렀다. 외딴집에 도착해 보니 대문이 조금 열려 있었다. 대문 안으로 발을 들여놓자마자 강아지 일곱 마리를 품고 있던 어미 개가 마구 짖어댔다.

부엌에서 아침 식사 준비하고 있던 노부부는 아침 일찍 어떤 사람이 찾아 왔기에 개가 저렇게 짖어대나 하고 나왔다. 혹 시집간 딸이 잘못되어 친정으로 쫓겨오지나 않았나 걱정하면서 부엌문을 나온 것이었다. 개는 계속 짖어댔다. 안주인 할머니께서 개를 야단치자 개가 짖기를 멈추었다.

할머니를 따라 집주인 할아버지까지 방문을 열고 마루로

나왔다.

"아니 이렇게 이른 아침에 두 젊은 사람이 무슨 일로 우리 집에 찾아 왔어? 아무 연락도 없이 말이오."

할아버지는 놀라서 퉁명스러운 어조로 말했다. 영철이와 덕순이는 공손하게 머리 숙여 인사했다.

"아침 일찍 연락도 못하고 찾아오게 되어서 매우 송구스럽습니다. 너그러이 용서해 주십시오."

"그럼 무슨 사연으로 우리 집 찾아온 거요?"

"우리 두 사람은 돈벌이하러 서울로 가는 중인데 길을 잘못 들어서 이렇게 왔습니다. 돈이 없어 기차 탈 형편도 못 됩니다."

이 말을 들은 할아버지는 자기 자식을 생각해 측은한 생각이 들면서 다소 화가 누그러지기 시작했다. 음성도 부드러워졌다.

"방으로 들어와 봐. 어서 들어오라고."

할어버지의 권유에 영철이와 덕순이는 안도의 한숨을 쉬면서 방으로 들어갔다. 할아버지는 자기 자식들도 객지에서 고생하고 있다면서 측은한 생각에 아침 식사를 푸짐하게 차려 대접을 하라고 할머니에게 일렀다.

아침 식사 후 덕순이와 영철이는 몹시 피곤해서 졸고 있었다. 할머니까 걱정스러운 마음에 혀를 차며 말을 했다.
"얼마나 힘이 들었으면 아침밥을 먹자마자 저렇게 졸고 있을까?"
이 말에 둘은 할머니에게 간청했다.
"오늘 여기서 하루 쉬고 내일 떠날 수 있도록 허락해 주시면 고맙겠습니다. 걸어갈 수 없을 정도로 몸이 쇠약해져 있습니다. 허락해 주십시오."
간곡하게 부탁하자 주인 할아버지는 자식을 대하듯 흔쾌히 허락해 주어서 두 사람은 온종일 편안하게 쉴 수 있었다. 오후가 되자 노부부가 들녘에서 돌아와 함께 저녁 식사를 맛있게 먹었다. 식사 후 할아버지가 집 앞에 펼쳐져 있는 황산벌에 얽힌 옛 백제시대 이야기를 들려 주었다.

우리 집 앞 넓은 평야가 나당 연합군 10만 명이 백제의 수도 사비성(부여)을 향해 쳐들어왔을 때, 백제의 장수 계백은 겨우 군사 5천 명의 결사대를 조직하여 나당 연합군과 맞서 싸우다가 계백 장군과 5천 명의 병사가 전사한 황산벌 전투가 있었던 역사적인 유서 깊은 평야라네.

계백 장군은 나당 연합군과 황산벌 전투하러 가기 직전에 사랑하는 아내와 아들딸을 모아놓고 나당 연합군에게 더러운 능욕을 당하면서 목숨을 잃는 것보다는 차라리 나의 깨끗한 백제의 장검으로 나라에 목숨을 바쳐 충성심을 보여주는 것이 좋겠다고 말했지. 계백은 눈물을 머금고 처자식을 백제의 장검으로 극락의 세계로 가게 될 것이라고 목메인 소리로 외쳤지. 그러니 오늘의 죽음을 슬퍼하지 말라고 가족을 위로했다네. 계백은 결사대 5천 명을 이끌고 이곳 황산벌에 왔지. 초기에는 백제 결사대가 용감하게 싸워 연전연승했으나 10만 나당 연합군을 이기기에는 중과부적이었지. 결국 모두 전사했지.

계백과 화랑 관창의 전설도 있다네. 화랑은 신라 청년들을 중심으로 한 조직체야. 6세기부터 10세기경까지 약 400년 동안 존재했던 신라의 애국 군인 단체였다네. 10만 나당 연합군이 백제를 수차례 공격했으나 모두 실패했어. 신라의 장군 김유신은 전열을 재정비하여 황산벌에서 백제군을 공격하기 시작했다네. 화랑노 청년 관창이 신두에서 백제의 결사대를 공격하기 위하여 장검을 높이 빼어 들고 '

마곡사로 향하다

내 뒤를 따르라!'고 크게 외치며 백제군 진지로 돌진했지. 그러나 신라 군사들 중에 관창의 뒤를 따라 가는 병사가 하나도 없었다지. 관창은 백제군 앞에서 계백 장군 나오라고 소리쳤어. 백제군의 결사대가 관창의 목을 자르러 달려들자 계백 장군이 군사들에게 멈추라고 명령했어.

'저 당돌한 어린 사나이가 대체 어떤 놈이냐'고 물어보았어. 신라 좌장군 품일의 아들인 화랑도 출신 관창임을 안 계백 장군은 죽이지 말고 신라군 진영으로 돌려 보내주라고 명령했다네. 그러자 관창은 '나는 절대로 살아서는 돌아가지 않는다. 나와 결투할 계백 장군과 병사들은 다 나오라,고 외쳤다지. '싸우지도 않고 항복하지 않는다는 것이 화랑도의 정신이다. 어서 내 목을 자르든지 나와서 나와 결투를 하든지 하라'고 또다시 큰 소리로 외쳤대. 그 말이 끝나기가 무섭게 관창의 옆에 있던 백제군 병사가 관창의 목을 단칼에 베었어. 관창의 목에서 피가 하늘 높이 솟구쳐 오르자 관창이 타고 왔던 말이 큰 소리로 울부짖으며 이리 저리 뛰었다네. 계백 장군은 '관창이 비록 적의 군사지만 참으로 기특하다. 관창의 목을 관창의 말 안장에 실어 주어라. 죽어서라도 신라군 진영으로 돌아가게 하라'고 명령했어. 관창의 목을 실은 말이 신라군 진영에 도착하자 신라군 진영에 잠시 적막이 흘렀지.

 그때 백제군의 결사대를 두려워하여 백제의 결사대와 싸우려 하지 않던 신라의 병사들은 말안장 위에 있는 관창의 목을 보고, 우리도 화랑도의 정신으로 다시 돌아가 조국 신라를 위해 목숨을 바치자는 소리가 여기저기에서 나오기 시작하자 사기가 하늘을 찔렀어. 그리하여 모든 신라 군사들이 백제 진영을 향하여 진군하기 시작했지. 관창의 목이 잘린 사건으로 인하여 신라가 백제와 싸워 승리하는 계기가 된 것이야.

 집주인 할아버지는 영철이와 덕순이에게 실감 나게 이야기해 주었다. 영철이와 덕순이는 할아버지의 말을 듣고 자신들이 대전역에서 부산행 군용 열차를 타지 않고 탈출하기를 정말 잘했다고 서로를 위안했다. 이튿날 할아버지 집에서 아침 식사까지 잘 대접을 받고, 집주인 노부부에게 큰절로 인사를 올리고 아침 일찍 마곡사를 향해 출발했다.

영철이와 덕순이 마곡사에 도착하다

날로 일본 순사의 조사와 감시가 심해지고 있었다. 살아날 수 있는 방도는 오직 사람이 적게 모이거나 드문 사찰로 몸을 숨기는 것이 가장 현명한 계획일 거라고 두 사람은 의견의 일치를 보았다. 근방에 있는 마곡사와 갑사 두 곳의 사찰 중 어느 곳으로 가는 것이 좋을지 두 사람이 오랫동안 의견을 교환해서 마곡사로 가기로 길을 정했다.

마곡사로 가는 길은 한산했다. 가끔 산기슭에 있는 논밭에서 땀 흘리며 일하는 농부들을 만나거나 멀리 떨어진 곳에서 일하는 농부들을 볼 수 있을 뿐이었다.

둘은 오랜 시간을 걸었다. 두 사람은 다리도 쉴 겸 길가 쉼터에 있는 잎이 무성한 커다란 나무 밑에 앉아 잠시 휴식을 취하고 있었다. 그때 마곡사 근처에서 내려오는 한 여자를 만났다. 그 여성도 두 사람이 앉아있는 나무 밑에서 쉬기 위해 동석하게 되었다. 덕순이가 그 여자에게 마곡사를 가려면 얼마나 더 가야 하냐고 물었다.

"아이고 멀어유~~. 지금 빨리 가야 어둡기 전에 도착할 수 있지유."

여자는 투박한 충청도 사투리로 답을 해주었다.

찜통더위가 극심해서 그늘 바깥으로 한 발만 내디뎌도 숨이 막힐 정도로 더위가 매우 심하였다. 그런데 높은 산 계곡에서 불어오는 시원하고 깨끗한 바람은 더위를 시켜주었지만 두 사람의 미래에 대한 고민은 한층 더 깊어만 가고 있었다.

한참을 걸으니 마곡사까지 얼마나 얼마 남지 않은 것 같았다. 계곡에서 불어오는 바람결에 향 피우는 냄새가 느껴졌다. 길도 넓어지고 도로 주변에 예쁜 꽃과 나무가 있어 마곡사가 가까워지고 있음을 알 수 있었다. 두 사람은 마곡사에서 오래 머물러야 하는데 주지 스님에게 어떻게 말을 해야 할지 도무지 마땅한 생각이 떠오르질 않아서 고민에 빠졌다.

마곡사에서 하루나 이틀은 지낼 수 있겠지만, 몇 달 동안을 일본 순사의 눈을 피해 계속 버텨낼 수 있을지 걱정이 말이 아니었다. 마곡사 주지 스님이 체류 허락을 해주지 않으다면 두 사람은 어디로 가야 할지 앞날이 캄캄하였다.

이미 해는 서산에 걸쳐 있고 종일 굶다시피한 둘은 허기를 참기에도 한계를 넘은 듯하였다. 만약 여기에서 잘못된다면 영철이는 일본 순사에게 잡혀서 일본군으로 끌려가게 되고, 덕순이는 일본 군수공장으로 끌려갈 판국이었다.

일본행 군함에 태우기 위해서 먼저 대전에서 부산행 군용열차를 타게 되었던 두 사람은 가까스로 대전역에서 탈출하여 여기까지 온 것인데 앞날이 캄캄하기만 했다. 영철이와 덕순이는 마곡사 일주문 앞에서 서로 손을 맞잡고 엉엉 울었다.

그때 마침 이웃 마을에서 시주를 받아 마곡사로 돌아오던 스님이 이 두 사람의 슬피 우는 소리를 듣고 등에 지고 있던 바랑을 옆에 내려놓고 두 사람을 말없이 한참 동안 바라보더니 말을 건넸다.

"젊은이들이 무슨 사연이 있기에 이 깊은 산중에 와서 울고 있는지 어디 한번 말이나 들어봅시다."

그러자 영리한 덕순이가 말문을 열었다.

"우리 선조께서 독립운동을 했다는 이야기를 할아버지로부터 들었습니다. 선조께서 독립운동한 사실을 알게 된 일본 순사가 우리 집을 내사하기 시작했습니다. 우리 할아버지, 아버지는 아무 죄가 없습니다. 그러나 일본 주재소에서 자주 조사를 받았습니다. 우리 오빠 두 사람은 일본 군인으로 징발되어 강제로 일본 군대로 끌려갔습니다. 나도 머지않아 일본군 피복공장으로 잡혀가든지, 또는 일본 주재소에서 징역살이할 것이 자명하여 이렇게 여기까지 도망을 온 것입니다. 스님 이 사실을 누구한테도 발설하지 않겠다고 약조해 주시면 감사하겠습니다. 그리고 우리 두 사람이 당분간 여기에 머물 수 있도록 주선해 주신다면 그 은혜 죽을 때까지 잊지 않을 것을 부처님께 맹세합니다."

라고 말하였다

스님은 눈을 지그시 감고 한참 동안 아무 말도 하지 않고 잠자코 '나무아미타불 관세음보살~~, 나무아미타불 관세음보살~~' 불경 한 구절만 읊으셨다.

"우리 절의 주지 스님께서도 독립운동하는 애국지사들을 피신시켜 주시고 여비도 보태주기도 하신 숨은 애국자이십니다."

 스님은 특히 영철이 선조가 과거에 독립운동을 했다는 말을 듣고는 두 사람을 끝까지 돌봐줄 것을 약속했다.

 당시 사회 현실은 태평양 전쟁 소문으로 사회가 어수선하고 일본은 미국, 영국, 소련, 불란서 등 연합군과의 전쟁이 한창이었다. 일본이 수세에 몰리고 있다는 소문이 자자했다. 그 당시 조선 청년은 일본 순사의 눈에 띄기만 하면 무조건 잡혀 전쟁터로 끌려갔다.

 마을의 젊은이들 모두 일본 순사가 언제 와서 잡아갈지 모르기 때문에 산으로 도망치거나 부엌 아궁이에 숨어 강제 징용과 징병을 모면하고 있었다. 뜻이 있는 청년이나 독립운동을 하는 사람들은 깊은 산중에 있는 암자, 또는 외딴집으로 먹거리를 가지고 피신하는 사람도 많았다.

 그러나 이런 사실을 일본 순사가 모를 리가 없었다. 때로는 산중이나 사찰에 숨어 있던 사람이 일본 순사에게 잡혀 포승줄에 묶여 잡혀가는 일이 허다했다. 일본 순사들은 낮에는 젊은 사람들을 찾아서 잡을 수가 없었기 때문에 밤에 민가를 급습하여 청년들을 잡아가기도 했다.

영철이와 덕순이는 6개월 동안 마곡사에 머물면서 주지 스님의 법문과 불경 공부 내용들을 모아서 다 기록해 놓았다. 주지 스님은 영철이와 덕순이를 책상 앞에 앉혀 놓고, 스님 자신의 불교철학과 자기가 살아온 자신의 생활 철학을 이야기 해주며 헛되이 살지 말고 보람 있고 뜻있게 살아가야 한다는 이야기를 해주었다.

 스님들은 평시에 법당의 부처님 앞에서 중생들을 위하여 극락에 갈 수 있도록 기도하지만 나라가 외침으로 위기에 처했을 때는 승복을 벗고 죽창을 가지고 침략해 온 외적과 싸우다가 많은 승려가 전사하기도 했다고 했다. 그리고 고려는 몽골의 침략을 막기 위해 팔만대장경을 만들었다고도 했다. 그러자 영철이가 스님에게 질문했다.
 "스님, 외적의 침입이 있으면 장검을 들고 나가 싸워야지, 부처님의 힘만으로 외침을 막아내겠다고 하는 것은 마음에 들지 않습니다."
 팔만대장경을 만드는 일은 오직 모든 백성을 단결하게 하여 적과 싸울 수 있는 용기를 갖게 하는 것이 주목적이라고 했다. 스님은 영철이에게 이해가 되느냐고 물었다. 두 사람은 스님의 깊은 뜻을 헤아리지 못해 매우 죄송하다고 말했다. 고려시대와 조선시대에도 외침이 있을 때마다 승려들이 죽창과 장검을 들고 전장에 나가 용감하게 싸우다가 전사하는 일이 적지 않았다.

주지 스님은 두 사람이 일본의 강제 징용을 피하여 여기까지 왔다고 하니 참으로 고맙고 대견하다고 칭찬했다.

나라 안팎의 사정이 매우 심상치 않다. 일본이 초기에는 진주만 미국 함대를 공격하며 승전보를 날렸으나 지금은 사정이 매우 달라졌다. 이제는 전투할 때마다 패하고 있으니 일본의 앞날이 캄캄해졌다. 이렇게 되면 우리나라도 빼앗긴 주권을 되찾을 날이 다가오고 있는 듯하다고 영철이에게 일러 주었다.

지금 내가 한 이야기는 어느 누구에게도 말하면 아니 되며 일본 사람 귀에 들어가게 될 경우에는 너희와 나는 모두 다 살아남지 못할 테니 각별히 명심하라고 강조하였다. 두 사람은 스님에게 맹세하였다.

"스님, 지금 하신 말씀 감명 깊게 잘 들었습니다. 저희는 스님이 해주시 말씀들 무덤까지 가지고 가겠습니다."

라고 다짐했다. 스님은 두 젊은이의 손을 꼭 잡고 앞으로

이 절에서 살아가려면 내 말을 잘 듣고 따라야 한다고 거듭 일렀다.

두 사람은 주지 스님과 함께 해탈문을 지나왔다. 마곡사의 해탈문은 백제 무왕 41년에 신라 고승 자장율사가 세웠다는 전설이 있다. 조선 후기에 재건축했다. 사바세계에서 때 묻은 옷을 해탈문을 지나오며 다 벗어 버리고 새로운 정신으로 이 마곡사에서 새사람이 되어 속세를 벗어나 불교의 세계로 들어온 것은 우연이 아니고 부처님의 자비심 덕에 있게 되었으니 참으로 영광스러운 일이라 생각했다. 덕순이는 영철이에게 스님 말씀대로 속세를 벗어나 해탈했으니 참으로 행복하다고 말했다.

두 사람은 오랜만에 저녁 식사도 마음 편히 잘 먹고, 몸과 마음이 편안한 잠자리에 들었다.

사찰 주변에는 잘 가꾸어 놓은 나무들과 아름답게 피어있는 이름 모를 꽃들이 만개해 있었다. 먼 산골짜기에서 시원한 바람이 불어오니 마치 하늘을 날아갈 듯하였다. 영철이는 기쁜 나머지 큰 소리로 바로 여기가 천국이라고 외치다 잠에서 깨어났는데 생시가 아니고 꿈을 꾸었던 것이었다.

영철이 잠에서 깨어 일어나 이제 앞으로는 스님의 말씀 잘 듣고 해탈의 기쁨 속에서 불경 공부도 열심히 해 나아갈 것을 마음속으로 다짐했다.

밖으로 나와 깊은 숲속에서 불어오는 지금까지 맛보지 못했던 바람이 뼛속까지 시원하게 스며들어 몸과 마음이 상쾌해졌다. 스님은 벌써 일어나서 실개천에서 세수하고 아침 체조를 열심히 하고 있었다.

"영철아 너도 여기서 아침 운동을 해야 한다. 그래야 아침 식사를 맛있게 먹을 수 있고 건강하게 살아갈 수 있다."

하며 몇 가지 운동법도 가르쳐 주며 마곡사에서 생활하며 지킬 일도 일러 주었다.

"사찰에서는 불경 공부만 하고 부처님께 기도만 하며 살아갈 수는 없다. 논밭에 나가 손수 농사도 지어야 살아갈 수 있다. 농사를 열심히 짓지 않으면 스님들을 비롯해 사찰에서 지내는 사람들이 먹고살 수가 없다. 비가 오지 않아 흉년이 들면 이 마을 저 마을 돌아다니면서 탁발도 해야 한다. 영철이 너도 앞으로 나하고 같이 일을 해야 함을 명심하여라."

영철이는 간절한 마음으로 답을 했다.

"예 스님, 부지런히 일하겠습니다."

 아침 공양을 준비하는데 영철이와 덕순이가 모범적인 도움 역할을 했다. 집을 떠나 마곡사까지 오는 동안 밥을 제대로 먹지 못하고 지내 오다가 마음 푹 놓고 맘껏 먹을 수 있으니 세상 살맛 나는 듯하였다. 아침 공양 후, 주지 스님은 두 사람을 법당 앞에 있는 불경 공부 방으로 오라고 했다.

 "너희 두 사람은 마곡사의 해탈문을 지나왔으니 이제 새 사람이 되었다. 이제 불경 공부를 해가며 사찰에서 논과 밭에 나가 일도 해야 한다. 너희가 속세에서 살 때, 절에 가서 시주하고 참배해 본 적이 있느냐? 거짓 없이 솔직히 말해보아라."

 영철이와 덕순이는 절에 가 본 일도 없으려니와 시주해 본 적도 없다고 대답했다.

 스님은 다시 두 사람에게 물었다.

 "석가모니 부처님과 불교가 어디에서 발생했으며, 어떻게 우리나라에 들어와서 언제부터 수많은 백성이 불교를 믿게 되었는지 알고 있느냐?"

 "부처님에 대한 이야기는 지금까지 한 번도 들어본 적이 없습니다."

둘은 거짓없이 솔직히 대답을 하였다.

"어허~~! 그래요~? 나무아미타불 관세음보살!"

하며 스님은 합장하면서 부처님께 기도를 올렸다.

영철이와 덕순이는 마곡사에서 도피 생활을 어떻게 하느냐에 따라 생사가 갈리게 되었다. 덕순이는 영철이에게 단단히 주의 주었다.

"영철아, 우리는 이 마곡사에서 잘 지내다가 더 좋은 곳으로 나가야 한다. 영철이, 너는 앞으로 스님들의 말씀을 임금님의 말씀처럼 잘 듣고 순종하며 살아야 한다. 그래야 너와 나의 인생이 태평하고 행복하게 될 것이다. 그런데 네가 간혹 스님 말씀에 토를 달고 순종하지 않는 경우가 종종 내 눈에 띄었는데 그때마다 나는 마음이 초조하고 불안해서 잠을 자지 못한 적이 한두 번이 아니었다. 마음 바로 하고 스님 말씀 잘 들어야 한다. 그리고 영철아, 오늘 대웅보전에 가서 그 유명한 싸리나무 기둥을 돌며 득남과 장수할 수 있게 기도를 하겠다고 주지 스님께 말씀드려서 꼭 허락을 받아 와야 한다."

영철이는 덕순이의 제안을 어떻게 주지 스님께 말씀을 드려 허락을 받아 내야 할지 뾰족한 방법이 떠오르지 않아 걱정이었다. 부딪쳐 보자는 심정으로 영철이는 몸을 단정히 하고 아침 일찍 주지 스님을 찾아갔다.
 "오, 영철이! 무슨 일로 이렇게 아침 일찍 찾아왔는고?"
 영철이는 합장하며 스님에게 말씀을 올렸다.
 "스님, 저희를 거두어 주셔서 감사합니다. 스님, 만수무강하십시오."
 영철은 허리를 굽혀 합장하며 공손하게 인사를 올렸다.
 그러자 스님도 흡족한 얼굴로 답을 했다.
 "나무아미타불 관세음보살. 우리 영철 씨가 확실한 불교 신자가 된 것 같네. 그래 무슨 청이 있어 왔을까?"
 "스님, 오늘은 구름 한 점 없이 파란 하늘입니다. 덕순이 누나와 함께 대웅보전에 가서 부처님께 공양 올리고 그 유명한 싸리나무 기둥을 구경하고 싶습니다."
 주지 스님은 흔쾌히 승낙하며 대웅보전에 가면 먼저 부처님께 시주해야 한다고 알려 주시면서, 그리 할 수 있게 용돈을 두둑이 주셨다. 걱정했던 것과 달리 주지 스님의 뜻밖의 환대에 영철이는 기뻐서 어찌할 바를 몰랐다.

우선 이 사실을 덕순이 누나에게 알리기 위해 달려갔다.

"누나야, 오늘 내가 주지 스님의 허락은 물론 대웅보전 구경 잘하고 오라 하시며 점심 공양 사 먹으라고 용돈까지 주셨어."

이 말을 들은 덕순이는 영철이와 평생을 어떻게 살아야 할지 걱정이 많았었다. 그런데 대웅보전 불공 승낙을 주지 스님으로부터 받아 온 과정을 들으면서, 덕순이는 영철이가 다른 사람과 대화를 할 때 상대방의 마음을 읽으면서 대화할 수 있는 능력이 있고 상당히 언변이 좋다는 것을 새삼스럽게 느꼈다.

"영철 씨, 스님 허락을 아주 잘 받았네. 스님을 잘 설득했는가 보네. 우리 마곡사에서 몇 개월째 살고 있으나 싸리나무 기둥 이야기는 말로만 들었지 실제로 구경한 적이 한 번도 없었네. 그러니 오늘 우리 극락세계를 위한 여행이라 생각하고 즐겁게 가서 보자."

싸리나무 기둥 전설은 사람이 죽어서 염라대왕 앞에 섰을 때 싸리나무 기둥을 몇 번 돌았느냐에 따라 극락으로도 가고 지옥의 세계로 가게 되기도 한다는 전설이 있다. 또 싸리나무 기둥을 많이 돌면 득남을 한다는 전설도 있다. 이런 사유로 싸리나무 기둥 주변에는 많은 신도가 모여든다. 특히 신혼부부가 찾아와서 기도를 많이 하는 곳이다.

  싸리나무 기둥은 단순히 크고 굵기만 한 것이 아니라 많은 사람의 숭배와 기도로 불교적인 의미와 색채가 담겨 있는 듯하여 관광객들도 극락 왕생을 위한 기도를 하기 위하여 줄을 잇는 것이다.

  영철이와 덕순이도 다른 관광객들과 같이 싸리나무 기둥을 돌기 위하여 줄을 서서 기다리고 있었다. 그들의 앞에는 충주에서 온 신혼부부가 장수와 득남을 위한 기도를 하면서 싸리나무 기둥을 돌고 있었다. 덕순이와 영철이도 충주에서 온 신혼 부부와 같이 서로 경쟁하듯 장수하고 아들 많이 낳게 해달라고 땀을 뻘뻘 흘리면서 싸리나무 기둥을 돌고 또 돌았다.

  다시 근처 식당에서 덕순이와 영철이는 충주에서 신혼여행 왔다는 부부와 만났다. 마치 옛 고향 친구처럼 친숙해서 서로 흉허물없이 대화를 나누었다. 충주에서 온 신부는 덕순이를 부러워했다. 충주에서는 젊은 남자늘 대부분은 일본군대 또는 보급 대원으로 끌려갔고, 결혼하지 않은 20대전후 여자는 일본의 군수공장에 가서 노역하기 위하여 강제로 끌려간 사람이 많다고 했다.

충주댁도 일본으로 강제로 끌려가지 않기 위하여 결혼하려고 신랑감을 구해 보았으나 젊은 신랑감이 거의 없었다고 했다. 많은 젊은 청년들이 모두 일본군으로 끌려갔기 때문이다. 충주댁은 하는 수 없이 부모님의 강요에 못 이겨 12살이나 많은 가난한 상민과 강제 결혼을 했다고 덕순이에게 하소연했다.

그러면서 덕순이의 예비 신랑감은 젊고 미남이어서 참으로 부럽다고 덕순이에게 솔직한 자기 심정을 털어놓았다. 덕순이는 충주댁 이야기를 듣고 나자 영철이에 대한 신뢰감이 두터워졌으며, 애정도 한층 도타워졌다.

점심 식사를 마치면서 충주댁은 북해도에서 탈출해서 지금은 충주에서 살고 있는 여성의 이야기를 들려주었다.

북해도에는 군수공장이 많다. 이따금 미국 비행기 B29가 북해도 상공을 비행하기도 하고 군수공장을 폭격하기도 한다. 그러나 일본은 이 미국 비행기에 아무런 대항도 하지 못하고 있다. 북해도 지역에서는 식량이 부족하여 민가에서는 굶기를 밥 먹듯이 하고 있다. 강제로 잡혀 온 조선의 어느 양반집 처녀는 자기 방에 들어오는 일본군을 죽이고 자결했다고 하는 소문이 한인사회에 떠돌았다. 그러나 일본 경찰이나 군인은 아무 말도 없었고 경비만 더욱더 삼엄해져 갔다.

충주댁의 이런 이야기를 듣고 덕순이는 갑자기 앞으로의 미래가 크게 걱정이 되었다. 충주댁은 자기의 팔자타령도 늘어놓았다. 덕순 씨는 이렇게 젊고 미남인 신랑을 맞이하게 되었는지 부럽기도 하고 궁금하다고 했다.

"나는 일본으로 잡혀가기 싫어서 결혼하려고 신랑감을 찾았으나 마땅한 신랑감이 없었어요. 그래서 부득이하게 12살이나 많은 노총각을 선택하여 결혼한 것입니다. 그러니 신랑이 아니라 동네 아저씨와 같이 사는 것 같아요. 어디를 가든 주변 사람들이 어떻게 되는 아저씨뻘이냐고 물을 때마다 가슴이 터지는 듯해요."

덕순이는 그런 충주댁을 진심으로 위로해 주었다.

"그리 걱정하지 마시고 즐겁고 행복한 결혼생활을 하세요. 그래도 일본으로 끌려가서 고생하는 것보다는 현재의 결혼생활이 훨씬 행복할 거예요. 일본에 끌려갔으면 지금 어떻게 되었을지 상상해 보세요."
 덕순이의 위로를 들은 충주댁은 고개를 끄덕이며 덕순이의 손을 잡으며 고마워했다.

 삿자리는 삿갓풀로 만든 돗자리이다. 삿자리는 여름에는 시원하고 습기가 차지 않아서 많은 사람이 삿자리를 만들어 이용하고 있다. 마곡사 대광보전의 삿자리를 구경하고 전설을 듣기 위하여 많은 관광객이 모여들었다.
 어떤 앉은뱅이가 대왕보전 앞에 가서 부처님께 다른 사람들처럼 걸어 다닐 수 있도록 해달라고 부처님께 조석으로 간절한 기도를 정성껏 바쳤다.
 어느 날 부처님께서 앉은뱅이에게 말했다.
 "앉은뱅이야, 너의 기도가 참으로 기특하구나. 네가 내 앞에 삿자리를 만들어 깔아주면 너의 앉은뱅이 다리를 낫게 해주겠다."
 부처님이 말씀하시는 소리를 듣고 너무 기뻐서 '부처님 말씀대로 삿자리를 만들어 드리겠다.'고 크게 대답했다. 너무나 기뻐서 집에 가서 가족들에게 이 소식을 전하러 가는 순간 문지방에 걸려서 넘어졌다. 아파서 눈을 뜨고 보니 생시가 아니라 꿈이었다.

그날로부터 앉은뱅이는 아픈 몸을 이끌고 삿갓풀을 많이 베어 가지고 맑은 개울가에 가서 깨끗이 씻어서 음건(그늘에 말림)했다. 말린 삿갓풀을 대광보전으로 갔다. 삿자리 만들기를 시작하기 전에 '내가 만드는 삿자리가 부처님 마음에 들 수 있도록 해달라'고 부처님께 정성을 다해 기도하고 삿자리를 만들기 시작했다. 삿자리를 만들고 집으로 돌아갈 때에도 '지금까지 삿자리를 잘 만들 수 있게 부처님이 도와주셔서 감사합니다.'라고 기도했다.

삿자리를 만들기 시작해서 100일째 되는 날이 되었다. 앉은뱅이가 정성을 다하여 삿자리를 다 만들었다고 부처님께 고하면서 삿자리를 부처님께 바치려는 순간 앉은뱅이는 자기도 모르게 벌떡 일어나서 삿자리를 부처님 앞에 봉헌했다.

이 삿자리 전설은 매우 어려운 환경에서도 자기의 모든 노력을 다하면 좋은 결과를 맺을 수 있다고 하는 교훈을 우리에게 주고 있다. 덕순이가 충주댁에게 희망을 갖고 열심히 그리고 최선을 다하여 살아가면 행복이 돌아올 것이라고 위로의 말을 해주었다.

　다음 날 아침 덕순이와 충주댁 부부가 헤어질 때, 덕순이는 충주댁 부부에게 비록 우리의 만남이 짧은 만남이었지만 옛 친구와 같은 우정을 맺게 되어서 기쁘다고 했다. 충주댁도 어제 덕순이네와 여행을 같이 할 수 있어서 매우 만족스러워하면서 덕순 씨 결혼할 때 초청해 달라고 하면서 헤어졌다.

　영철이와 덕순이는 주지 스님에게 인사하러 갔다. 영철이와 덕순이는 주지 스님께 합장하고 '나무아미타불 관세음보살' 기도를 하면서 만수무강하시라고 말씀을 올렸다. 스님도 '이제 너희 두 사람은 어느 누구보다도 진실한 불도가 되어 기쁘기 그지없다'고 말해 주었다. 그리고 덕순이와 영철이는 스님이 용돈까지 두둑하게 주셔서 감사드린다고 다시 한번 인사를 올렸다.

　그리고 엄청나게 큰 싸리나무 기둥을 어떻게 이 산중에까지 가지고 와서 기둥을 만들었는지 궁금하다고 하자 스님은 '나무아미타불 관세음보살'을 외면서 모두가 부처님의 힘으로 이루어지는 것이라고 답을 해 주었다.

"스님, 어제 우리는 충주에서 신혼여행 온 부부와 같이 마곡사를 구경했습니다. 그런데 충주댁으로부터 우리나라 농촌 이야기를 많이 들었습니다. 현재 우리나라 농촌에는 노인들만 남아있고 젊은 사람들은 모두가 징용되어 일본으로 끌려갔다고 합니다. 그리고 결혼하지 않은 젊은 여성들은 일본의 군수공장으로 강제로 끌려간다고 들었습니다. 그런데 다행히 결혼한 여성은 일본으로 잡혀가지 않아서 결혼을 아직 하지 못한 여성들은 군수공장으로 끌려가지 않으려고 신랑감을 제대로 고르지도 못한 채 되는 대로 결혼을 하고 있다고 들었습니다. 젊은 여성들이 신랑감의 나이나 가정 형편등을 가리지 않고 무조건 총각이면 결혼을 한다고 들었어요. 그래도 강제로 일본의 군수공장으로 끌려가는 것보다는 나을 거라 생각해서 그렇게 한다고 합니다. 어제 같이 마곡사를 구경한 충주댁도 일본으로 잡혀가게 되어서 부랴부랴 일사천리로 나이가 12살이나 많은 가난한 총각과 결혼했다고 들었습니다."

덕순이가 전하는 농촌 현상을 듣고 영철이가 거들었다.

"여기 마곡사가 지상의 극락입니다. 부처님의 은덕으로 우리는 지금 여기 마곡사는 농촌에 비하면 편안하게 살아갈 수 있는 곳입니다. 모두가 보이지 않는 부처님의 은혜로 편히 살아가는 것이지요. 그리고 지금 농촌에서는 식량이 부족하여 보리밥은커녕 보리죽도 제대로 먹지 못하고 논밭에 나가서 일해야 한다고 합니다."

"이런 오늘의 현실을 이제야 알았느냐? 우리 마곡사에서는 호의호식은 아니더라도 보리밥이라도 마음 놓고 먹을 수 있으니 모두 다 부처님의 은덕이다. 나무아미타불 관세음보살!"

하면서 합장하고 마곡사를 향해 주지 스님은 허리를 굽혀 정중히 합장했다.

이른 아침인데도 뒷산에서 불어오는 바람결에 싱그러운 여름 향기가 가득 담겨 시원했다. 눈이 시리게 푸른 하늘을 바라보니 오늘도 더위가 심상치 않을 것 같았다. 덕순이는 온종일 영철이와 콩밭만 매야 할 일이 걱정되어 가슴을 짓누르고 있었다. 지금까지 해 본 적도 없는 콩밭을 이 더운 날씨에 맬 생각을 하니 서러움에 눈물이 앞을 가렸다.

그러나 영철이는 아무 일 없다는 듯 태연하기만 했다. 덕순이가 영철이에게 콩밭을 어떻게 매야 하는지 알고 있느냐고 물었다.

"물론 잘 알고 있지요, 누나. 나는 콩밭을 많이 매어 봤으니까 걱정하지 말아요."

"콩밭을 어떻게 매는 거냐?"

다시 한번 물었다.

"콩밭 매는 일은 아주 쉬워요. 콩만 놔두고 다른 풀들은 다 뽑아버리면 되는 거예요."

영철이의 싱거운 대답에 덕순이는 피식 웃었다.

주지 스님이 내린 분부이니 거역할 수 없는 절대적인 일이기 때문에 덕순이는 큰 걱정거리였다. 이 난세에 주지 스님의 눈 밖에 나면 우리는 지금 이렇게 정성을 들이고 있는 마곡사를 떠나야 할 것이고, 그렇게 되면 둘은 어디로 가야 할지 앞이 캄캄한 둘의 신세였다.

김을 매야 할 콩밭이 두 군데나 있었다. 작은 콩밭은 누나가 매고, 큰 콩밭은 내가 매면 된다고 영철이가 말했다. 그러나 덕순이가 보기에 콩밭의 크기는 큰 차이가 없어 보였다. 덕순이는 둘이 함께 작은 콩밭을 먼저 매고, 조금 큰 콩밭을 또 같이 매자고 제안했다. 그러나 영철이는 그 제안을 거절했다. 영철이는 작은 콩밭은 누나가 매고, 큰 것은 자기가 매겠다고 고집했다.

덕순이는 영철이의 주장에 자존심이 몹시 상했다.

"그래 좋다. 큰 콩밭을 내가 맬 터이니 작은 콩밭을 영철이 니가 매라."

라고 소리질렀다.

그러자 영철이가 놀라 말했다.

"누나, 화나셨어요? 내가 큰 콩밭을 맬 터이니 걱정하지 마세요."

덕순이도 지지 않고 맞대거리를 했다.

"아니다, 큰 콩밭 내가 맬 터이니 걱정하지 마라. 영철이 너 오늘 미워진다."

라고 말하며 콩밭으로 성큼 들어섰다.

"내가 오늘 콩밭 매다 팔이 부러지는 한이 있어도 내 몫은 내가 맨다. 영철이 너 걱정하지 말고 네가 맡은 콩밭이나 잘 매라."

하늘에서 쏟아지는 햇살에 반사된 뭉게구름이 오락가락하고 있었다. 콩밭 위로 쏟아지는 폭염이 숨을 막히게 하고 있다. 점심시간이 거의 다가오는 듯했다. 영철이는 땀을 뻘뻘 흘리면서 두 손으로 힘차게 콩밭을 거의 다 맸다. 그러나 덕순이는 아직 작은 콩밭의 절반도 못 매고 땀만 뻘뻘 흘리고 있었다.

영철이는 덕순이 누나 옆으로 가서 함께 콩밭을 매기 시작했다. 덕순이는 자존심이 상했다. 그래도 속으로는 좋았다.

"누나, 실망하지 마세요. 나는 원래 농부의 아들로 태어나 콩밭 매는 일 정도는 별 부담 없이 원래 잘합니다. 그냥 누님 한번 놀려주고 싶어서 그랬어요. 제가 장난이 심했던 것 같습니다. 저는 그냥 할 일 없이 기다리기 심심해서 같이 매자고 했을 뿐이예요. 남은 콩밭은 오후에 제가 혼자서 맬 거니까 덕순이 누나는 저기 뽕나무 그늘 밑에서 맛있는 오디나 따 먹으면서 쉬고 계세요."

이 말을 들은 덕순이는 영철이 속마음이 그랬었구나 생각하면서 화가 풀렸다. 덕순이는 괜시리 영철이에게 한마디 더 건넸다.

"너, 나를 놀리면 안 된다. 또 나를 놀리면 그때는 더 크게 혼내줄 거야."

라고 못이기는 척하며 말했다.

푸른 하늘에서 쏟아지는 햇살이 푸른 콩밭을 뒤덮으며 더

워지기 시작했다. 여름 더위가 대단했다. 두 사람은 콩밭을 다 매고 개울가에 가서 깨끗이 씻고 점심을 먹으러 갔다. 주지 스님께서 반갑게 맞아 주면서 오늘 날씨도 더운데 고생 많았다고 했다.

"내가 너희 두 사람을 위해 오늘 점심 식사는 특별 메뉴로 콩국수를 만들었다. 맛있게 많이 먹어라."

스님이 격려의 말을 해 주니 피로가 싹 사라졌다.

초여름 아침 햇살이 눈부시게 내리쪼이는 콩밭에 가서 아침 일찍부터 땀 흘려가며 콩밭을 매고 났더니 배가 많이 고팠다. 콩국수에 시원한 열무김치를 곁들여 먹으니 그 맛이 천하일품이었다. 지금까지 한 번도 먹어본 적이 없는 콩국수와 열무김치 맛이 매우 좋았다. 덕순이와 영철이는 콩국수 한 그릇을 더 주문했다. 두 사람은 연인답게 다정스레 콩밭 매는 이야기를 나누면서 한 그릇의 콩국수를 나누어 먹지 않고 둘이 사이좋게 같이 젓가락을 오락가락하며 다 먹었다.

주변에서 지켜보던 사람들이 부러운 듯 두 사람에게 박수를 보냈다. 영철이와 덕순이는 난생 처음 먹어보는 맛있는 콩국수라고 하면서 아마도 평생 동안 잊을 수 없는 추억으로 남을 것이라고 서로에게 이야기했다. 식사를 마치고 둘은 다시 나머지 콩밭을 매기 위하여 밭으로 갔다.

오전에는 영철이의 속임수 장난에 속이 뒤집혀 매우 실망했던 덕순이는 그 속임수를 알아차리지 못하고 영철이에게 화를 낸 것에 스스로 미안하게 생각했다. 영철이가 덕순이에게,

"누나~ 오후에는 이 뽕나무 밑에 있는 오디나 따 먹으면서 편안히 쉬고 계세요. 오후에는 나 혼자서 콩밭을 다 맬 터이니 걱정하지 말아요."

라고 대장부답게 말했다.

덕순이는 영철이의 호의에 감사하며 잠시 뽕나무 아래 앉아서 영철이가 콩밭 매는 모습을 보고 있었다. 영철이는 씩씩하게 힘도 들이지 않으면서 콩밭을 참 잘도 매고 있었다. 덕순이도 다시 일어나서 영철이와 함께 콩밭을 매기 시작했다. 덕순이도 오전과는 달리 콩밭을 잘 매었다. 땀이 많이 나서 옷이 다 젖었다.

두 사람이 실개천에서 손발을 씻고 뽕나무 밑에 앉아 쉬고 있을 때였다. 마곡사 상공에 미국 비행기 B29가 흰 연기

꼬리를 내면서 떠다니고 있었다. 그러나 일본 비행기는 눈을 씻고 봐도 구경도 할 수 없었다. 미국 비행기를 향해 대포는 고사하고 총도 한 번 쏘지 못하고 있었다. 모든 농부는 일하는 것을 중단하고 있었는데 마을 스피커에서 평시에 파놓은 방공호로 대피하라는 방송만 요란했다.

"덕순이 누나, 이제 일본이 태평양 전쟁에서 패망할 날도 얼마 남지 않은 것 같아. 미국 비행기에 대항도 못 하고 방공호에 숨기만 하라는 방송뿐이네. 태평양 전쟁에서 일본이 패해야 돼. 우리도 마곡사 도피 생활을 끝내고 고향에 가서 행복하게 살 수 있을 날이 다가오고 있는 것 같아."

햇볕이 쨍쨍 내리쬐이고 있었다. 숲속에서 불어오는 시원한 바람이 콩대 사이로 불어 드는데 흙냄새와 같이 훈훈하다. 밀짚으로 만든 맥고모자에서 땀방울이 이따끔 뚝뚝 떨어졌다. 이마에서 손으로 연신 땀을 걷어냈다. 이 땀방울이 입가에 흐르면 약간 짭짤했다. 덥기는 했지만 영철이와 함께 있는 덕순이의 기분은 매우 좋았다. 영철이가 씩씩하게 콩밭 매는 모습이 자랑스럽기도 하고, 한편 기쁘기도 했다.

"덕순이 누나, 날씨가 매우 더우니 잠시 쉬었다가 일 합시다."

영철이와 덕순이는 뽕나무 밑으로 정답게 걸어갔다. 잠시 뒤에 영철이가 개똥참외 세개를 따 가지고 왔다.

"어디서 주인 모르게 참외를 따오면 안 됩니다."

"아닙니다. 이 개똥참외는 아무나 먼저 따 먹는 사람이 임자입니다. 걱정하지 마세요. 사람이 살면서 개똥참외를 따 먹을 수 있는 확률은 100만 분의 1이라고 합니다. 참외의 맛이 시중의 참외와 비교가 되지 않습니다."

"영철이가 따 온 개똥참외가 얼마나 맛이 있는지 먹어보자."

덕순이가 참외를 깎기 시작하자 맛있는 참외 냄새가 콩밭을 진동했다. 이 개똥참외가 얼마나 맛이 있는지 이루 말로 다 할 수 없었다. 참외가 입에 들어가자 달콤하고 감칠맛은 말로 표현할 수 없었다.

"먹어보니까 진짜 개똥참외가 맛이 좋구나!"

덕순이가 그 맛에 탄복하며 영철이를 보며 엄지손가락을 치켜들었다.

"이 개똥참외 하나는 누구 주려고 따 왔을까? 이 참외를 우리만 먹으면 아니 되겠지?"

"스님 갖다 드리려고 하나 더 따 왔어요. 그 밭에 개똥참외가 남아있는 것이 있어?"

덕순이가 물어보았다.

"아직도 몇 개가 더 남아있는데 욕심 내서 모두 다 따오면 아니 됩니다. 행운이 있는 다른 사람도 이 개똥참외를 따 먹을 수 있는 기회를 주어야 하지요. 나의 욕심을 채우기 위해 개똥참외를 모두 다 따오면 사람이 사는 도리에 맞지 않지요. 비록 큰일은 아니더라도 사람의 순리에 어긋나게 살아가면 면 아니 됩니다. 그 작은 일이 후일에 큰 재앙이 되어 나에게 돌아오는지도 모르잖아요."

영철이가 마곡사로 온 뒤로 생각이 많이 깊어졌다고 덕순이는 속으로 대견해 하였다.

지난날에 영철이에게 재미있는 〈춘향전〉 이야기해 준다고 말을 했을 때, 영철이가 춘향이는 어디서 사는 여자냐 했을 때 덕순이는 책을 사서 공부 많이 하라고 했다. 또 영철이가 식당에서도 책을 살 수 있느냐고 물어본 적이 있는데 그럴 때마다 덕순이는 여간 답답한 것이 아니었다. 앞이 안 보였다. 사람을 잘못 선택한 것이 아닌가 후회한 때가 어제 같은데 오늘 어른스럽게 이야기하는 말하는 것을 들으니 기쁘고 희망이 보였다.

해가 중천에 떠서 이글거리더니 어느새 서산 위에 넘실거리더니 산 그늘이 지기 시작했다. 산에서 불어오는 시원한 바람은 콩밭 매는 힘을 더해주었다. 스님이 지정해 준 콩밭을 예정보다 빨리 다 맸다. 일이 모두 끝나자 아쉬움도 있지만 두 사람 개울가에 가서 세수하고 손발을 깨끗이 씻었다.

콩밭 매는 일로 큰 걱정을 했는데 영철이가 일을 능숙하게 잘해서 어려움 없이 잘 끝냈다고 덕순이가 영철이를 칭찬했다. 실개천 물이 깨끗하고 맑으니 빨리 목욕하고 집으로 가자고 영철이가 덕순이에게 제안했다. 목욕은 집에서 하는 것이지 이런 개울가에서 목욕하는 것이 아니라고 말하자 영철이는 옛날에 개울가에서 목욕 자주 했다고 고집을 부렸다. 덕순이는 질세라 목욕 이야기 그만하고 절로 가서 스님에게 콩밭을 다 매고 왔다고 말씀드리고 저녁 공양 때까지 쉬자며 영철이의 손을 잡아 끌었다.

저녁 공양 시간에 스님이 두 사람이 콩밭을 매느라고 수고 많이 했다고 칭찬을 해 주었다.

"스님, 오늘 덕순이 누나는 콩밭 매느라고 손에 많은 상처를 입었습니다."

"무리한 일을 시켰나 보구나. 그러나 절에서 하는 말 중에 하루 일하지 않으면 하루 먹지 말라는 말이 있단다. 먹으려면 마땅히 일을 해야지. 수고하는 사람 따로 있고, 먹는 사람 따로 있는 것은 아니지. 아무튼 내가 조금 미안하구나."

스님이 절에서 왜 콩을 많이 심는지 말해 주었다.

"사찰에서는 고기를 먹지 못하기 때문에 고기와 영양분이 비슷한 콩을 많이 심어서 여러 가지 음식을 콩으로 만들어 먹는다. 그래야 절에 사는 사람들의 건강을 유지할 수가 있지. 특히 우리나라는 콩이 매우 중요한 농작물 중의 하나지. 콩으로 메주, 두부, 콩나물 등을 만들어 먹지. 사찰의 공양간에서는 없어서는 아니 되는 중요한 식량이지. 특히 우리 마곡사에서는 스님들의 건강을 위해 콩을 많이 심고 있다네."

두 사람은 주지 스님의 말에 수긍하며 고개를 끄덕였다.

"오늘같이 무더운 날씨에 덕순이와 영철이가 온종일 콩밭을 맨 이유가 바로 여기에 있단다. 오늘 점심으로 먹었던 콩국수는 민가에서는 먹어보기 어려운 좋은 점심 식사지. 그리고 오늘 저녁 식사 메뉴도 콩나물밥이다. 이 콩나물밥을 두부를 넣어 함께 끓인 된장찌개에 비벼 먹으면 소고깃국보다 우리 건강에 훨씬 좋다. 오늘 영철이와 덕순이가 무더운 더위에 온종일 콩밭을 정성껏 가꾸어 주어서 매우 고맙구나."

저녁 식사를 마친 후에 덕순이는 콩밭에서 따온 개똥참외 두 개를 스님 앞에 놓았다.

스님이 깜짝 놀랐다.

"내가 수년 동안 마곡사 콩밭을 가꾸었으나 개똥참외를 한 번도 따 먹어보지 못했다. 심마니가 산삼을 캐러 갈 때 목욕하고 산에 정성을 다하여 산신제를 올린다고 하는데 그래도 산삼을 캐기가 매우 어렵다고 하지. 이 개똥참외는 심마니가 산삼 캐는 것에 버금가는 일이다. 이 귀한 참외 먹어보자."

라고 말하면서 개똥참외를 깎기 시작하자 맛있는 냄새가 식당 내부를 진동시켰다. 마곡사 식구 몇 사람이 참외를 먹어보고 이처럼 맛있는 참외는 난생처음이라고 이구동성으로 개똥참외의 참맛을 칭찬했다.

"영철이와 덕순이가 정성을 다하여 콩밭을 잘 매어주어서 고맙다. 나무아미타불 관세음보살!"

하시면서 모두가 부처님의 덕이라고 말해 주었다.

"오늘 영철이와 덕순이가 무더운 날씨에 콩밭 매느라고 고생 많이 했다. 이 노고에 우리 모두 박수 한 번 쳐줍시다."

라고 스님이 말하자 마곡사 식구 모두 뜨거운 박수를 쳐 주었다.

피살이와 태화산 등산길 형사 출현

　다음날 영철이는 스님과 함께 논으로 피사리 가고, 덕순이는 보살들과 함께 밭으로 울력을 나갔다. 두 사람이 땀을 흘려가며 열심히 일하고 있을 때 공주주재소에서 고등계 형사 두 사람이 마곡사에 와서 스님을 조사하기 시작했다. 그들은 스님에게 얼마 전에 젊은 두 사람이 마곡사에 왔다는 소문이 있어서 조사 나왔다고 했다.
　"마곡사로 수상한 두 젊은이가 들어왔다는 제보를 받고 왔습니다. 만약 스님이 거짓말을 하시면 공주경찰서로 잡아가겠소. 사실대로 말해 주시오. 분명히 바른대로 말하시오."
　하며 고등계 형사들이 스님을 다그쳤다.
　스님은,

"아니 형사 나리 못 본 걸 보았다고 말하라는 겁니까? 못 봤으니까 못 봤다고 말씀드리는 겁니다."

그러자 형사들이,

"스님 말씀을 믿어도 되겠소? 스님 말씀만 믿고 우리는 갑니다."라고 말하며 허리에 찬 칼을 한 번 더 흔들어 보였다.

"형사 나리님들, 내 말 믿고 가셔도 됩니다."

"낯선 사람들이 이 마곡사에 오면 꼭 공주주재소로 연락해 줄 것을 약속하시지요."

이때, 영철이는 근처 논에서 피사리를 하면서 스님과 일본 고등계 형사들이 나누는 대화 내용을 똑똑히 다 들었다. 영철이는 무서워서 얼마나 긴장을 했는지 일본 형사들이 돌아간 후에도 제대로 말을 하지 못하고 잠시 우두커니 서서 하늘만 바라보고 있었다. 그리고 마냥 식은땀만 흘리고 있었다. 얼마나 긴장을 하고 땀을 흘렸는지 속옷이 다 젖어 있었다.

영철이는 긴장이 풀려서 제정신이 들자 스님에게 살려주셔서 감사하다고 몇 번이나 머리를 숙여가며 인사를 했다.

"영철아, 네가 마곡사에서 기거하며 나하고 논에서 같이 일했다는 사실이 밝혀지면 나도 주재소로 잡혀가 죽도록 매 맞고 감옥에 가게 된다. 또 나중에 많은 벌금까지 내야 한다. 이렇게 되면 마곡사의 운명도 위태롭게 되지. 그러나 영철아 걱정하지 않아도 된다. 나하고 불경 공부도 하고, 농사를 잘 지어 넉넉하게 잘 먹고 살면 여기가 바로 극락인 것이다. 걱정하지 마라. 나만 믿어라."
  라고 하셨다

  그 해는 늦더위가 매우 극성스러웠다. 서산으로 해가 뉘엿뉘엿 넘어갈 때 높은 산 계곡에서 불어오는 바람이 시원하게 모든 피로를 깔끔하게 씻겨주었다. 마곡사 옆으로 흐르는 실개천에서 영철이와 스님은 시원하게 서로 등목을 해주었다. 깨끗한 개울물로 등목을 하고 나니 시원할 뿐만 아니라 모든 피로가 깨끗이 사라졌다.
  스님은 이차돈의 순교 이야기를 끝내고, '나무아미타불 관세음보살' 하면서 두 손을 합장하고 부처님께 큰절을 올렸다.
  "스님, '나무아미타불 관세음보살'이라고 말씀하셨는데 그 뜻이 무엇인지 알려주시면 평생 잊어버리지 않고 잘 간직하겠습니다."

"영철아, 그 말이 그렇게도 신기하고 이상하게 들리느냐? 시간이 지나면 점차 알게 될 터이니 걱정하지 마라."

하면서 또다시 '나무아미타불 관세음보살'을 읊었다.

이어 스님은 김구 선생 이야기를 해 주었다.

김구는 명성황후 시해 사건에 가담한 일본 장교를 살해한 혐의로 인천형무소에 투옥되어 옥살이를 하였다. 인천형무소에서 탈옥하여 공주 마곡사로 왔지. 마곡사 백현암에 도착하여 하온당 스님과 이야기하면서 김구는 인천형무소에서 탈옥한 사실을 숨겼단다. "나는 개성에서 태어나 집안이 어려워 장사를 했으나 실패하여 많은 빚을 지어 파산했습니다. 화가 나서 팔도강산 구경이나 하고자 하여 이곳 마곡사까지 왔습니다."

라고 거짓말을 한 것이지.

하온당의 권유로 승려가 되기로 결심하고 불경 공부를 열심히 하여 하온당 스님의 상좌가 되어 불도에 정진하여 '원종'이란 법명을 받았다. 머리를 깎고 마곡사의 스님이 된 것이지. 백범 김구는 마곡사에서 스님으로 불경 공부와 더

불어 독립운동 계획도 세우며 승려 생활을 열심히 했다고 한다.

그 무렵, 일본 경찰이 김구와 하온당 스님을 내사하기 시작했지. 이에 불안감을 느낀 원종 스님은 어느 비 오는 날 새벽에 하온당 스님도 모르게 아무 말 없이 마곡사를 떠나 혼자서 강원도로 피신했어.

김구가 승려가 되기 위해 앉아서 삭발했던 바위가 지금도 잘 보존되어 있다고 하더라. 마곡사에는 백범 김구의 친필과 사진이 전시되어 있지.

주지 스님은 마곡사가 독립운동가들의 은신처로 독립의 희망과 용기를 상징하는 장소가 되었다고 영철이와 덕순이에게 가르쳐 주었다. 백범 김구 애국정신을 이어받아 나라 발전에 보탬이 되라고 스님이 영철이와 덕순이에게 간곡히 부탁했다.

"너희 두 사람이 지금 마곡사에서 살고 있으니 이 절의 내력을 알아야 한다."

하며 주지 스님이 마곡사 내력을 말해 주었다.

마곡사는 충청남도 공주시 마곡면 운암리에 있는 대한불교 조계종 제 6교구 본사로 백제 무왕 643년, 신라의 고승 자장이 창건하여 많은 보물과 문화재를 소장하고 있는 절이다. 마곡사는 계곡을 사이에 두고 남원과 북원으로 구성된 특이한 사찰이다. 남원에는 대웅보전, 관음전, 지장전, 만월암이 있고, 북원에는 천수전, 용화전, 백현암 등이 있다. 마곡사는 후삼국 시대에는 일시 폐사되어 도둑의 소굴이 되었던 적도 있다.

1172년, 고려 명종 때 보각 국사 지눌이 제자 우수와 함께 왕명을 받고 중창했다. 조선시대에 와서는 세조가 영신전이라 하고 사액을 내린 일이 있다. 세조가 매월당, 김시습을 만나기 위해 보현(수레)을 타고 마곡사를 찾아갔으나 김시습이 만나주지 않아서 마곡사에 보현을 놓아두고 떠나갔다는 전설이 있다.

영철이와 덕순이는 주지 스님의 불교와 마곡사에 대한 교육으로 많은 것을 배워서 어느 정도 불교신자로서의 인격을 갖추게 되었다. 특히 백범 김구의 독립운동 관련 이야기는 두 사람에게 항일 정신과 애국심을 불러일으켰다.

몇 달 동안 마곡사에서 불교의 전래와 교리 공부, 그리고 마곡사 전담 농사일만 하다가 이번에는 바깥으로 소풍 한

번 가서 민가에 사는 사람들을 만나 볼 생각을 하니 기뻐서 마음이 설레었다. 아침 일찍 부랴부랴 등산 준비를 끝내고 주지 스님에게 태화산 등산을 갔다 오겠다고 이야기했다. 스님은 좋은 등산길을 자세히 알려주었다.

등산길에서 추운 겨울 동안 먹을 식량을 준비하기 위해 감, 밤, 도토리 등을 입에 물고 바쁘게 왔다 갔다 하는 다람쥐와 청설모의 모습을 보고 가던 길을 멈추고 구경하는 것이 매우 재미가 있었다. 다람쥐와 청설모는 아무것도 모르고 밤이나 도토리를 입에 물고 서로 경쟁하듯 열심히 자기 보금자리로 주워 나르기만 하고 있었다.

시냇물이 졸졸 흐르는 실개천 가에 앉아 손을 씻고는 심심해서 돌멩이 하나를 떠들어 보았다. 그러자 큼직한 가재 몇 마리가 큰일이라도 터진 듯이 쏜살같이 뒷걸음질 치며 도망가는 모습이 참 신기하기도 했다. 가재는 앞으로 가면 더 빠를 텐데 왜 뒷걸음쳐서 옆에 있는 돌멩이 밑으로 달아나는지 궁금하였다.

덕순이는 영철이에게 등산길에 재미있는 일이 많아서 참 좋다고 했다. 영철이도 덕순이에게 오랜만에 하는 등산이라 흥미 있는 일이 많아서 정말 재미가 있다고 답했다.

소나무 숲속에서 소나무 향기가 코를 찔렀다. 소나무 밑에 송이버섯이 많이 있을 것 같았다. 소나무 숲속에 들어가 나무 아래를 살펴보니 정말 송이버섯, 싸리버섯 등이 많이 있었다. 어떤 것은 이미 수확기가 지나서 말라버린 것도 많았다. 아직 새싹이 나오고 있는 것도 있었다. 싱싱한 송이버섯과 싸리버섯을 따다가 주지 스님에게 드리기로 하고 둘은 열심히 좋은 것만 채취하였다.

그때 갑자기 노루와 토끼들이 전력을 다해 도망을 치고 있는 모습이 보였다. 해코지할 생각이 전혀 없는데 저 노루와 토끼는 왜 저렇게 도망을 치고 있는 걸까 하고 둘은 의아했다. 짐승들은 살아남는 길이 사람을 만나면 무조건 도망치는 것인가 보다 했다. 혹시나 사냥꾼을 만나게 되면 죽게 되기 때문일 것이다. 동물들은 사냥꾼과 일반 선한 사람들을 구별할 수가 없으니 일단 사람을 보면 도망치는 것만이 살아남을 수 있는 유일한 길이기 때문일 것이다.

태화산 등산은 지금까지 겪어보지 못했던 좋은 경험이었다. 산에서 일어나는 다양한 형태의 생물체가 살아가는 모습을 보게 된 것은 매우 가치 있는 등산길이었다고 생각되었다.

하산하는 길 중간에 조그마한 주막집이 하나 있었다. 두 사람은 많이 걸어서 피곤도 하려니와 배도 고파서 무슨 먹거리가 있나 해서 주막집으로 들어가 보았다. 막걸리 외에는 특별히 사서 먹을 것이 하나도 없었다. 하는 수 없이 목도 마르고 해서 막걸리 한 사발을 사서 두 사람이 나누어 마셨다. 다시 걸어 내려와 중간 휴게소에 도착해 쉬었다.

겨우 막걸리 한 사발을 나누어 마셨는데 갈증은 사라졌고, 술을 마셨다는 느낌도 들지 않았다. 그동안 무쇠도 녹일 듯한 폭염 속에서 불경 공부와 농사일만 하다가 오랜만에 밖으로 나와 휴식처에 앉아 마음대로 하고 싶은 이야기 서로 나누며 휴식을 즐겼다. 우리가 어떻게 해야 행복하게 살아갈 수 있을지를 이야기하며 잠시 피로감도 잊어버리고 휴식을 즐겼다. 숲속에서 들려오는 이름 모를 산새들이 지저귀는 새소리와 깊은 산속 큰 나무 사이로 밀려오는 바람에 뼛속까지 시원했다. 영철이와 덕순이는 무아지경에 빠져 극락의 휴식 공간에 앉아 서로 사랑을 속삭이고 있었다.

그때 한 남자가 갑자기 나타나 영철이 앞에 똑바로 서서 큰 소리로 말했다.

"나는 공주경찰서에 근무하는 고등계 형사이다. 당신 수상하니 조사를 해야겠다."

"내가 뭐 그리 수상합니까?"

그러자 형사는,

"여하튼 당신 신분증을 보여주시오."

"나는 바로 아랫마을에 사는 박문수입니다. 지금 신분증은 없어요. 동네 다니는데 무슨 신분증을 가지고 다녀야 합니까?"

라고 말했다.

이 광경을 보고 덕순이는 속으로 크게 걱정이 되었다.

"우리 집안 오라버니도 공주경찰서에 근무하고 있습니다."

라고 덕순이가 말했다.

영철이가 군대에 간 이종 오빠 박문수 이름을 둘러대서 한숨을 돌렸다. 영철이가 순발력이 있어서 마음속으로 기뻐했다.

"그래도 당신 행동거지가 수상해서 공주경찰서로 연행해야겠다."

영철이는 당당한 목소리로 맞섰다.

"대일본제국의 고등계 형사가 선량한 사람을 아무런 이유도 없이 조사하기 위해 경찰서까지 동행하겠다고 하는 것은 부당합니다. 당신의 정확한 관등 성명을 대시오"

라고 말했다.

그 말을 듣고 있던 덕순이는 매우 걱정이 되었다. '아니 고등계 형사님한테 고분고분해야지. 저렇게 말대꾸를 하면 어느 누가 가만히 있겠는가, 참 답답하네. 만약 저 형사와 같이 가서 조사를 받으면 모든 것이 드러나 큰일 날 터인데 영철이 쟤가 왜 저러나?' 하며 속으로 나무랐다.

형사는 가방 속에서 포승줄을 꺼냈다.

"당신 박문수 씨, 내 말 안 들으면 당신을 체포해서 공주 경찰서로 끌고 갈 겁니다."

"무슨 권리로 나를 체포합니까? 일본 형사가 할 일이 그렇게 없어요? 마을 주변을 산책하는 사람을 트집 잡아 경찰서로 끌고 갔다는 소문이 나면 당신도 무사하지 않을 겁니다."

"당신 박문수 씨 건방져, 나한테 함부로 말대꾸를 하다니!"

"내가 뭘 함부로 말했어요? 당신 마음대로 하시오."
"지금 당장 나하고 공주경찰서로 가자."
"나는 못 갑니다."

영철이는 속으로 만약 내가 공주경찰서에 가서 조사를 받으면 아랫마을에 사는 박문수가 아니라는 사실이 밝혀질 텐데 그러면 어떡하나 걱정이 태산이었다. 이를 지켜보는 덕순이는 위기감이 고조되었다.

"형사 아저씨, 우리 결혼한 지도 얼마 안 됩니다. 여름 내내 폭염 속에서 죽도록 농사일만 하다가 오늘 비로소 시간 좀 내서 신혼여행 삼아 바람 쐬러 산책을 나온 겁니다. 존경하는 고등계 형사 아저씨, 우리 신혼여행을 널리 이해하시고 잘못된 점 있으면 용서해 주세요. 우리 남편 박문수 씨를 동생처럼 사랑하고 아껴주십시오."

"안 됩니다. 박문수 씨가 너무 건방져!"

덕순이가 또다시 고등계 형사에게 사정했다.

"형사 아저씨, 우리는 같은 공주 사람입니다. 나중에 이리저리 따지다 보면 서로 인척 관계가 있을 수도 있어요."

그러면서 호주머니에서 돈을 꺼내어 형사 호주머니에 슬그머니 넣어주었다.

"아주머니 이러면 큰일 납니다."

"아니예요, 고등계 형사 아저씨 항상 고생이 많으시잖아요. 우리 농부들도 긴 여름 동안 농사일하느라 고생 많았어요. 공부를 많이 못 해 농부가 되어 일하느라 고생이 많아요. 우리 농부들은 불쌍한 사람들입니다. 우리 형사 아저씨 어디선가 많이 본 분 같아요. 우리 남편이 성깔이 있어서 공연히 욱하는 성질이 있어요. 그래서 우리 형사님께 말대꾸한 거지, 나쁜 사람은 아닙니다."

"여보, 어서 형사 아저씨에게 사과하세요."

영철이는 이 위기를 모면하기 위해 덕순이 말대로 사과를 했다.

"형님 제가 말대꾸 한 거 잘못했습니다. 진심으로 사과드립니다. 형님, 안녕히 가십시오."

라고 말하자 일본 고등계 형사가 마음을 누그러트리고 말했다.

"앞으로 조심하시오, 박문수 씨!"

"예 잘 알겠습니다. 형님 안녕히 가십시오."

덕순이의 지혜로 위기를 간신히 넘겼다.

등산을 마치고 막 마곡사로 들어가려 할 무렵 가을비가 조금씩 내리기 시작했다. 둘은 우산 하나를 같이 들고 다정한 이야기도 나누고, 향기가 물씬물씬 나는 국화꽃 냄새를 맡으며 걷다보니 어느새 가랑비도 그쳤다. 태화산 등산길은 운수가 대통했다. 하마터면 공주형무소나 태평양 전쟁터에서 일생을 끝마칠지도 모르게 될 일이 벌어질 뻔했다. 다행히도 사랑하는 덕순이 누나의 용기와 재치가 위기를 벗어나게 했다.

앞으로는 두 사람에게 행복과 영광만이 있을 것 같은 확신이 느껴졌다.

사찰에 도착하여 주지 스님에게 버섯을 건네며 말했다.

"저희가 스님 드리려고 좋은 송이버섯과 싸리버섯을 따 왔습니다. 내일 아침 이 버섯으로 맛있게 반찬을 만들어 드리도록 하겠습니다. 태화산 등산길을 잘 가르쳐 주셔서 저희가 등산을 잘하고 왔습니다."

두 사람은 저녁 식사 후 스님과 같이 공부방에 가서 등산길에서 보고 느낀 점들을 소상하게 말하기 시작했다.

두 사람은 스님에게,

"산에는 먹거리가 매우 많아요, 밤, 다래, 보리수 열매, 버섯 등이 널려있으니 농사짓지 않고 그것들을 주워만 와도 우리가 힘들게 농사짓는 것보다 나을 것 같습니다."

라고 말했다.

그러자 스님이 조용히 타일렀다.

"그럴 법한 말이지만 산에 있는 먹거리를 사람들이 모두 가져가면 그것도 안 되는 일이다. 그렇게 하면 자연이 파괴되는 거라네. 자연이 살아야 사람도 살 수 있으며, 산에 사는 참새, 꿩, 산비둘기 등이 여러 종류의 해충을 잡아먹고 살아가는데, 만약 산에 이런 새들이 없으면 해충이 들끓어서 농사도 지을 수가 없게 된다. 그렇게 되면 식량 부족으로 기근이 발생하고 많은 사람이 먹고살 것이 없게 되어 커다란 재앙이 닥쳐오게 되지. 아시겠는가? 토끼와 쥐, 다람쥐 등도 땅굴을 파고 살아간다. 그러면 땅이 비옥해져서 산의 나무가 잘 자란다. 산에 있는 나무들이 공기를 깨끗하게 할 뿐만 아니라, 가뭄, 홍수도 예방할 수 있지. 쥐와 토끼 등이 있어야 늑대와 여우, 멧돼지 등도 살 수 있고, 사자와 호랑이도 살 수가 있다. 사람은 자연을 잘 가꾸어야 한다. 자연을 파괴하는 것은 사람이 스스로 자멸의 길로 가는 것이나 다름이 없는것이지. 알겠는가?"

영철이와 덕순이는 스님의 말씀을 들으면서 즐거운 태화산 등산길을 마치고 오늘 하루는 많은 것을 보고 배운 하루여서 마음이 매우 흡족하였다.

주지 스님은 계속 이야기를 이어갔다.

"이제 눈을 크게 뜨고 이 세상을 깊이 생각해 보자. 지금 두 사람은 태화산 등산을 통해 동식물이 서로 도움이 되면서 살아가고 있음을 확인했다. 일리가 있는 듯한 말이다. 토사호비(兎死狐悲)라는 말이 있다. 토끼를 주식으로 잡아먹으며 살아가는 여우도 토끼가 다 죽고 없어지면 여우 자신도 살아갈 수 없다는 것을 비록 짐승인 여우지만 자연의 섭리를 잘 알고 있는 것이 아닌가 생각한다. 그러니 영철이와 덕순이도 자연보호에 앞장서기를 바라네."

영철이와 덕순이의 사랑 싸움

 이른 아침인데도 태화산에서 불어오는 바람결에 싱그러운 여름 향기가 가득 담겨 있다. 수개월 동안 불경 공부와 기나긴 여름 동안 논과 밭에서 일하느라 몸과 마음이 피로에 쌓여 모든 의욕이 한꺼번에 사라져 버렸다. 영철이는 어찌 된 일인지 자신도 알지 못하는 것이 너무 많다고 느꼈다. 식욕도 많이 줄어 아침 식사도 먹는 둥 마는 둥 하다가 그냥 밖으로 나왔다.

 마곡사 주변을 혼자서 어슬렁어슬렁 산책하다 보니 해가 중천에 떴다. 늦더위가 시작되는 듯 날이 다시 많이 더워졌다. 영철이는 태화산에서 흘러내리는 실개천 오솔길을 따라서 산책을 했다. 태화산 숲속에서 불어오는 깨끗하고 시원한 바람을 마시면서 태화산 등산로를 계속 올라가고 있었다.

 그때, 어디선가 아름다운 노랫소리가 들려왔다. 숲속의 시원한 바람과 함께 들려오는 그 음성은 맑고 깊고 그윽해서 자신도 모르게 흥이 나서 그 가곡을 따라서 불렀다. 발걸음을 멈추고 들어보니 전에 야학당에서 불러 본 듯한 가곡이어서 호기심이 발동했다. 태화산 계곡에서 울려 퍼지는 청아한 가곡은 숲속의 바람과 함께 듣는 사람의 혼을 빼앗아 사로잡았다.

 영철이도 평시에 가곡을 좋아해서 많이 듣고 따라 불러도 보았지만, 이처럼 사람의 마음과 가슴을 녹여내는 노래는 처음 듣는 듯했다. 그래서 자신도 모르게 가곡을 부르는 사람 쪽으로 다가가자 노랫소리가 더욱더 잘 들려서 애간장을 태웠다. 어떤 여인이 개울가 바위에 홀로 앉아서 노래를 열심히 부르고 있었다.

 옆으로 가까이 다가가도 그녀는 오직 노래 부르는 데에만 정신이 팔려서 영철이가 바로 옆에 서 있어도 전혀 알아채지 못하고 노래 부르는 데만 몰두하고 있었다. 영철이는 그 여인의 노랫소리에 심취되어 가만가만히 그 여인이 앉아 있는 바위 옆 바위에 조용히 앉아서 한참 동안 감상을 했다. 마치 천국에서 천사들이 노래 부르는 느낌을 받아 눈을 지그시 감고 감상하고 있었다.

한참 시간이 흐른 뒤에야 여인은 영철이를 발견하고 놀라 말했다.

"도대체 누구신데 인기척도 없이 남의 노래를 듣고 있는 것입니까?"

"어어, 저는 그저 지나가는 나그네요. 노랫소리에 심취되어 나도 모르게 그냥 여기에 앉아 있었어요. 결례가 많았네요. 놀라셨다면 사과드립니다."

영철이는 머리를 숙여 여인에게 사과했다. 숙였던 머리를 들어 여인을 다시 보니 마곡사 공양간에서 식사할 때 가끔 만났었던 성악가 여대생임을 알아차렸다.

그 여대생도 그때야 마곡사 공양간에서 만났던 기억을 떠올렸다. 그제야 성악가 여대생도 반갑다며 인사를 건네왔다.

영철이는 더 이상 성악가 여대생에게 관심을 보이지 않고 태화산 정상을 향해 다시 산책을 계속했다. 정상에 올랐다가 되돌아 내려오며 여대생이 있던 개울가를 봤더니 아무도 없었다.

영철이는 왠지 모르게 아쉬운 생각이 들기도 했지만 더 이상 생각하지 않기로 했다. 다음 날 아침, 공양간에서 여대생과 얼굴을 마주쳤을 때 서로 반가워하며 목례를 나누었다.

영철이는 어제 갔던 태화산 등산길을 별다른 생각 없이 또 나섰다. 그런데 어제 만났던 그 개울가에서 성악가 여대생을 다시 만났다. 어제와는 달리 오늘은 두 사람이 구면이라 반갑게 인사하고 정담을 잠시 나눈 뒤 영철이는 어제처럼 태화산 산을 올랐다. 산책하다 말고 피곤함을 느껴서 마곡사로 돌아오는 길에 보니 그 여대생은 그대로 개울가에서 노래를 부르고 있었다.

여대생이 먼저 영철이를 향하여 말을 건넸다.

"벌써 내려오시네요. 제가 기다리고 있었는데."

두 사람은 태화산 자락에 저녁노을이 곱게 물들 때까지 앉아서 가곡에 대한 여러 가지 이야기를 재미있게 주고받았다. 성악가 여대생이 갑자기 뜬금없는 제안을 해 왔다.

"우리 일본에 같이 갑시다."

마치 난데없이 맑은 하늘에서 갑자기 날벼락 치는 소리처럼 들렸다.

"무슨 농담이 그리 심하시오? 지나친 말 같습니다."
라고 영철이가 대꾸했다.
"농담이 절대 아니고 진담입니다. 결혼하셨습니까?"
영철이는 당황했으나 분명히 쐐기 박는 말을 했다.
"결혼은 아직 안 했지만 연인이 있습니다."
그러자 여대생은 조금도 망설이지 않고 다시 제안을 했다.
"아직 결혼하지 않으셨으니 같이 일본에 가면 되겠습니다."
"나는 그 여인과 헤어질 수 없어요. 평생을 같이하기로 이미 부처님 앞에서 약조를 했습니다."
라고 단호하게 대답했다.
"지금 세상에 아직 결혼식도 안 올리고 언약만 했는데 그것이 무슨 걸림돌이 될 수 있나요. 나는 어제 당신을 만났을 때 내 영혼을 당신한테 모두 빼앗겼어요."
라고 서슴없이 당돌하게 말을 했다.
"저는 당신과 같이 일본만 같이 갈 수 있다면 죽어도 여한이 없습니다."
영철이는 벌떡 일어나 몸을 돌려 마곡사로 내려오며 못을

박았다.

"안됩니다. 나는 그만 마곡사로 내려가겠습니다."

그러자 성악가 여대생은 덥석 영철이의 손을 잡으며 애원했다.

"제발 나하고 함께 일본에 가 주세요. 저희 집에서는 절대 나 혼자 보낼 수 없다고 허락을 하지 않았습니다."

영철이가 여대생의 손을 뿌리치려 했으나 그녀는 영철의 손을 더욱 굳게 잡으며 말했다.

"저는 경주에 사는 양반 부호 집안 태생입니다. 오빠 두 분은 현재 일본 대학에서 유학 중입니다. 세상은 매일 변하고 있어요. 나는 당신을 처음 만난 순간 당신이 영원한 나의 배필로 손색이 없는 청년이라고 확신했습니다. 나하고 같이 일본에 가서 행복하게 살면 더 이상 바랄 것이 없겠습니다. 그러니 제발 나의 소원을 들어주세요."

영철이는 여대생의 말에 어이없어 하면서 손을 뿌리쳤다.

"나는 소학교도 다니지 못하고 야학당에서 겨우 한글과 당시(唐詩) 원문을 배웠을 뿐이오. 그리고 나는 가난한 농부의 아들이오. 제발 이러지 마시오. 나에게는 사랑하는 연인이 따로 있습니다."

라고 강경한 어조로 말했다.

그러나 여대생은 당돌했다.

"우리가 서로 사랑하면 그만이지 주변 환경이 무슨 상관이 있겠어요? 우리 내일 밤에 마곡사를 떠나서 일본으로 갑시다."

하면서 영철이의 손을 다시 잡고 같이 가려고 했다.

영철이는 여대생의 손을 억지로 뿌리치고 재빠른 걸음으로 내려갔지만 성악가 여대생은 포기하지 않고 영철이의 뒤를 바짝 뒤쫓아 왔다.

한편, 덕순이는 영철이가 어제부터 별다른 말도 없이 혼자서 산에 오르고, 또 늦게 돌아오는 게 조금 이상하다는 생각이 들었다. 그러다 성악가 여대생이 영철이와 같이 태화산 등산길에서 내려오는 것을 목격하고 덕순이는 마음이 상하고 또 수상하다고 생각하여 영철이를 의심하기 시작했다.

"영철 씨, 당신 어제 오늘 혼자서 뭐 하고 돌아다니는 거예요? 거짓말하지 말고 바른대로 말해 봐요!"

라고 다그쳤다.

"분명히 성악가 여대생하고 어제, 오늘 만난 것 같으니 이실직고해요."

영철이는 덕순이의 손을 잡고 말했다.

"태화산 산책갔다 내려오는 길에 우연히 만난 것뿐, 그 이상도 그 이하도 아니오. 나를 믿어도 됩니다."

"그런데 두 사람 헤어지는 인사가 왜 그리 다정해요? 영철 씨 표정이 매우 이상해졌어요."

"걱정하지 마시오. 우연히 같이 내려온 것뿐이오."

라고 강하게 말을 했다.

그래도 덕순이는 영철이에게 벌컥 화를 내며 분명히 말했다.

"너 오늘부터 내 허락 없이는 외출 금지야. 알겠어? 만약에 멋대로 외출했다가는 두 다리 부러질 줄 알아!"

으름장을 놓았다.

영철이는 가슴이 무너질 듯하고 앞이 캄캄했다.

덕순이는 그 후, 혼자서 마곡사 뒤 콩밭에 가서 큰 소리로 한참을 엉엉 울고 나니 화가 좀 풀리는 듯했다.

며칠 후 영철이는 덕순이에게 사정했다.

"나의 금족령을 풀어주시오 나에게는 오직 덕순이 누님밖에 없습니다!"

라고 호소 아닌 호소를 했다..

"그 말, 내가 믿어도 돼?"

덕순이의 어조가 좀 누그러진 듯한 것 같아 영철이가 거듭 애교스럽게 사정했다.

"누나야, 나의 금족령 제발 풀어줘. 갑갑해 죽겠어."

"그 성악가 여대생 이름 빨리 말해 봐."

"나는 이름 전혀 몰라."

"거짓말하지 마. 이름도 모르면서 이틀 동안이나 사람도 많이 다니지 않는 태화산 등산길을 같이 등산했겠어? 그 성악가가 예쁘고 노래도 잘해서 재미가 쏠쏠했겠다. 성악가 여대생이 불러준 가곡들을 말해 봐."

"아무 노래도 불러주지 않았어. 태화산 산책갔다 내려오는 길에 우연히 만났을 뿐이었어. 제발 내 말을 믿어줘. 누나, 정말 나를 믿어도 돼요."

금족령이 발동된 지 며칠이 지났다. 저녁 공양 시간이었다. 여러 스님과 많은 신도가 서로 즐거운 대화와 이야기꽃을 피우면서 식사를 하고 있었다. 그때 갑자기 성악가 여대생이 영철이 식탁 앞으로 와서 인사를 건넸다.

"나는 내일 혼자서 일본으로 떠납니다."

영철이는 덕순이 누나가 옆에 있어서 여대생에게 반갑게 인사말도 못하고 고개만 끄덕였다.

그러자 성악가 여대생이 영철이의 어깨를 툭 치면서 같은 말을 반복했다.

"나는 정말 내일 일본으로 갑니다."

영철이는 엉거주춤하며 떨리는 목소리로 답을 했다.

"즐거운 마음으로 일본으로 잘 가시오. 그리고 행복하시오."

이 말을 들은 덕순이는 성악가 여대생 앞에서 영철이를 잡아끌었다.

세상에 태화산 등산길에서 우연히 만나 얼굴도 잘 익히지 못한 사이였는데, 마치 연인이라도 되는 듯이 행동한 여대생의 무례하고 예의도 모르는 태도에 몹시 불쾌감을 느끼며 영철이는 덕순이에게 끌려 식당 밖으로 나왔다.

끌려나오면서 영철이는 덕순이에게 화를 냈다.

"덕순이 누나, 사람들 앞에서 나한테 이건 좀 지나치지 않아요?"

"서로 아무런 관계도 아니라면서 식사 중에 찾아와 내일 일본으로 떠난다고 신고하는 까닭이 무엇이야? 이실직고해 보라고!"

라며 영철이를 다그쳤다.

"그냥 일본으로 떠난다고 말한 것뿐이잖아요?"

잠시 후, 마음이 좀 가라앉은 덕순이가 영철이에게 빈정거렸다.

"성악가 아가씨가 일본으로 떠나간다는데 배웅도 안 나갑니까?"

"무슨 배웅을 나갑니까? 안 갑니다."

"아이구 의리도 없네. 재미있게 이틀 동안 데이트하고 가곡도 불러주고 했는데 그 여대생 일본으로 떠나는데 배웅도 안 한다는 것은 잘못이며 실수하는 겁니다. 내일 성악가 일본으로 떠나는 길, 배웅 나가 보시오."

"배웅 나갈 만한 사연 조금도 없습니다. 배웅 나가지 않을 겁니다. 나는 결백합니다. 나를 믿어 주시오."

영철이는 덕순이 앞에 무릎을 꿇고 사정사정했다.

"제발 앞으로는 성악가 이야기는 하지 않기로 약속해 주시오."

덕순이는 잠을 자려고 해도 잠이 오지 않았다. 누나 아니면 못 살겠다고 쫓아다니던 때가 엊그제 같은데, 부잣집 여대생한테 반해서 일본으로 따라가려 하니 배신감이 극에 달했다. 경치 좋은 태화산 등산길에서 몰래 그 여대생과 흥겹게 노래 부르며 손잡고 걸어 다녔을 모습을 생각하면 가슴이 산산조각이 날 기분이었다. 지금까지 죽도록 사랑하고 아껴온 영철이한테 한없는 배신감이 느껴졌다. 덕순이는 잠자리에서 벌떡 일어나 영철이를 밖으로 불러냈다.

"야~ 영철아! 너 내일 성악가 여대생하고 같이 일본으로 가라. 이제 나를 잊어버려도 좋다. 도대체 언제부터 성악가 여대생하고 데이트하기 시작했는지 거짓 없이 솔직히 말해봐라. 영철이, 너 성악과 여대생 언제 만나보러 갈 거야? 솔직하게 말해. 언제 일본으로 만나러 갈 거라고 약속했는지, 내가 너희 부모님께 너 바람났다고 알려드릴 거다."

덕순이는 화가 치밀어 횡설수설, 할 말 못 할 말 마구 늘어놓았다.

영철이는 덕순이의 공격에 하나하나 일일이 답변을 했다.

"나는 덕순이 누나에 대한 마음 변하지 않았고, 하늘나라에 가서도 누나를 영원히 사랑할 겁니다. 성악가 여대생은 죽어서도 만나러 아니 갑니다. 마곡사 등산하기 전에는 마곡사에서 그 여대생을 만난 적도 없으려니와 일본에 갈 생각도 해 보지 않았으며, 죽은 후에조차도 일본에 갈 생각은 꿈에도 해 본 적이 없어요. 그러니 제발 우리 부모님께 그 여대생 이야기하지 않아 주었으면 좋겠어요."

영철이의 분명한 답변에도 덕순이의 상처받은 마음은 누그러지지 않았다.

영철이가 솔직하고 확실한 대답을 했으나 덕순이는 그 말을 믿지 않고 굶기 시작했다. 이틀 동안 덕순이의 단식을 기다려 보았으나 이틀을 넘기고 단식을 계속하니 난감했다. 영철이는 영철이대로 혼자서 밥 잘 먹고 마음 편히 살 수가 없어 자연스럽게 덕순이와 함께 단식을 하게 되었다. 이러한 영철이와 덕순이의 사랑싸움 이야기가 마곡사 안팎에 퍼지기 시작했다.

덕순이는 영철이와 서로 대화는커녕 서로 마주 보고 앉아 있는 것도 싫어했다. 이런 소문을 전해 들은 주지 스님은 '이거 큰일 났네~ 나무아미타불 관세음보살' 하며 부처님께 마음속으로 기도했다.

주지 스님은 영철이와 덕순이가 단식하고 있는 곳으로 찾아갔다. 초췌해진 두 사람을 보고 스님은 긴 한숨을 쉬었다. 그리도 사랑하고 다정했던 사람들이 어쩌다가 이 지경에 빠졌는지 이해되지 않았다. 스님은 두 사람에게 당장 일어나라고 했다. 두 사람은 벌떡 일어나 스님 앞에 똑바로 앉았다.

"두 사람의 사랑싸움은 이제 끝내야 아름다워진다. 더 이상 길어지면 추해지고 사랑은 결국 깨지고 만다. 불명예만 남게 된다. 두 사람의 사랑 진심으로 축하한다. 전생에 많은 덕을 쌓아 서로 참 사랑하는 사람끼리 만나서 서로 놓을 수 없는 사랑하느라고 이렇게 함께 단식도 하는 것이다. 두 사람이 건성 사랑을 한 것이었다면 오늘의 이런 일은 없었을 것이다."

"스님, 건성 사랑이 무엇입니까?"

영철이가 스님께 물었다.

"건성 사랑이란 그때그때 되는 대로 닥치는 대로 의미 없는 사랑을 말한다. 이제 두 사람은 일어서서 서로 두 손 잡고 앞으로는 싸우지 않고 열심히 사랑하며 살겠다고 상대의 두 눈을 똑바로 바라보며 마음속 깊이 맹세해라."

주지 스님이 두 사람의 손을 끌어다 서로 마주 잡게 했다.

스님은 두 사람을 위하여 사람 사이의 인연을 가르쳐 주기로 마음먹었다. 두 사람을 데리고 부처님 전에 가서 불공을 드리고 마주 앉았다.

"불교에서는 길을 가다 옷깃만 스쳐도 전생에서 억겁의 인연이 맺어져야 가능하다고 하지. 인연은 단순한 만남이나 연분을 뜻하는 일반적인 의미보다 훨씬 더 깊고 광범위한 개념이다. 모든 존재와 현상이 발생하는 원인과 조건을 의미하며, 불교의 핵심적인 가르침 중 하나이기도 하다. 인연에 대한 깨달음은 집착과 고통에서 벗어나는 것을 의미하기도 한다. 우리는 모든 것이 인연에 의해 연결되어 올바른 행위를 함으로써 고통에서 벗어나 행복을 얻을 수 있는 것이야. 이 넓은 세상에서 우리 세 사람이 마곡사에서 이렇게 만난 것도 우리가 전생에서 매우 깊은 인연이 있어서 만나게 된 것이지. 그냥 우연히 만나는 것이 결코 아니란 말이야. 우리 만남은 단순한 만남이 아니오, 전생의 깊은 인연이 있어 만난다는 것이지. 영철이와 덕순이의 짧은 시간의 불화도 전생의 인연과 전생의 업보로서 잠시 불화도 생겨났던 것이지. 앞으로 더 행복하고 보람 있는 삶을 누리며 살아갈 수 있는 길은 두 사람이 희망의 새 터전을 마련하는 것이야."

주지 스님이 말씀이 이어질수록 두 사람의 마음은 시나브로 누그러지기 시작했다.

"따라서 두 사람은 서로 잘못이 있다면 서로 이해하고 사랑하며 살아야지, 사소한 것으로 싸움박질을 하면 불행의 씨가 되는 것이다. 그러니 이 노승의 말 명심하고 험난한 일생 길 잘 걸어가기를 바란다."

스님의 말을 다 들은 두 사람은 서로 마주보며 고개를 끄덕였다. 둘의 얼굴에는 엷은 미소가 번져나갔다.

철창 없는 감옥

덕순이가 가장 존경하고 사랑하는 외할머니가 별세했다는 거짓 전보를 이용해 덕순이를 집으로 돌아오도록 하는 계략을 덕순이 어머니가 빈틈없이 만들었다. 덕순이는 자기를 항상 사랑하고 아껴주는 외할머니의 별세 소식을 듣고 부랴부랴 부모님들이 기다리고 계시는 집으로 영철이와 같이 돌아갔다. 그러나 그토록 존경하고 좋아했던 외할머니는 이미 몇 달 전에 하늘나라로 가셨다고 했다. 그때는 부음을 전달할 길이 없었다고 했다.

그런데 덕순이를 돌아오게 하려고 덕순이 어머니가 마치 지금 상을 당한 것처럼 거짓으로 부고를 전했던 것이다. 덕순이는 집에 돌아와서야 어머니의 계략에 말려들었음을 알았으나 때는 이미 늦었다. 집에 도착하자마자 바로 외출이

금지되어 다시는 영철이를 만날 수 없게 되었다.

덕순이 어머니는 유명한 점쟁이를 찾아갔다. 그 자리에는 많은 사람이 점과 관상을 보기 위해서 마당에 앉아 자신들의 차례가 오기를 기다리고 있었다. 덕순이 어머니는 지루할 정도로 오랜 시간을 기다린 후 점쟁이 앞에 앉을 수 있었다. 점쟁이는 덕순이 어머니가 앉자마자 큰 소리로 외쳤다.

"오늘 운수대통이 터졌다. 복채를 많이 놓지 않으면 관상도 점도 봐줄 수 없다."

운수대통이라는 말에 덕순이 어머니는 복채를 두둑하게 점쟁이 앞에 내놓았다.

"당신은 딸 덕분에 많은 재물이 절로 들어와 부호가 될 수 있는 팔자이다. 내가 수십 년 동안 이곳에서 많은 사람의 관상과 사주를 봐왔지만 이렇게 좋은 사주 점괘가 나온 것은 처음이오. 복채를 더 많이 놓고 가시오."

라고 호들갑을 떨었다.

덕순이 어머니가 의아해서 말했다.

"왜 또 더 놓으라는 거예요?"

"호사다마라고 딸의 운명에 마가 끼어 있어! 굿을 해야

해. 그것도 큰 무당을 불러 대대적으로 굿을 해야겠다. 큰 무당을 불러서 굿을 하지 않으면 큰 재앙이 닥칠 거라."

그러나 덕순이 어머니는 점괘가 그렇게 좋은데 무슨 굿판을 벌이느냐고 점쟁이 도사의 말을 크게 관심 없이 듣고 집으로 돌아왔다.

덕순이는 미인은 아니었으나 키도 크고 이목구비가 뚜렷했다. 특히 귀와 입이 잘 생겼다. 귀가 잘생겨서 훗날, 자손이 영화를 누릴 수 있는 관상이라고, 보는 사람마다 칭찬이 자자했다. 또 입이 잘 생겨서 재복이 많을 것이라 평이 나서 주변의 부자들과 높은 벼슬자리에 있는 사람들이 자기네 집 식구가 되기를 원하는 사람들이 많이 있었다. 덕순이가 비록 학벌은 없었으나 책을 많이 읽어서 풍부한 지식을 갖고 있어 대화를 나눠보면 대학 졸업한 사람 못지않게 해박한 지식이 있을 뿐만 아니라 상식 또한 풍부하고 덕스러운 여성이라고 주위에서 칭찬이 자자했다.

영철이는 지금까지 대전역에서 부산행 군용열차에서의 탈출, 태화산 등산로 휴게소에서 일본 고등계 형사의 조사 등 크고 작은 일들을 무사히 잘 넘겨왔다. 그러나 마지막에 덕순이 어머니의 영리한 계략에 말려들어 이제는 영원히 두 사람이 다시 만나 사랑을 나누지 못할 것 같아 절망스러운 생각이 들었다.

영철이가 덕순이의 집 근처를 가보았으나 대궐 같은 집 주변에 일꾼들이 마치 경비를 서는 것처럼 있어서 집 가까이에는 얼씬도 못 하고 그냥 낙담한 채 집으로 돌아오고 말았다. 영철이는 그 후로도 여러 차례 덕순이 집 주변에 가서 서성대었다. 일꾼들은 덕순이 집 주변을 맴도는 청년이 영철이임을 알아보는 듯했다. 덕순이 집에 가까이 다가가자 일꾼 한 사람이 영철이에게 다가와 제지했다.

"나는 이 집 일꾼이다. 우리 주인마님께서 네놈이 이 집에 얼씬거리지 못하게 단단히 지키라고 하셨다. 그러니 자꾸 이 집 주변에서 서성대지 말고 빨리 꺼져라. 앞으로 다시 와서 얼쩡거렸다가는 다리 부러질 줄 알거라."

그러나 일꾼도 말은 이렇게 하면서도 마음속으로는 젊은 청년 영철이에 대해서 동정심을 가지고 있었다.

집에 갇혀있는 덕순이는 일꾼 한 사람을 구워삶아 자기가 낮 시간 동안에는 집 뒷마당에서 지내고 있다고 영철이에게 전하게 했다. 일꾼을 통해 그 말을 전해 들은 영철이는 그 시간에 맞추어 덕순이 집 맞은편 동산에 올라가서 덕순이가 뒷마당에서 지내는 모습을 보려 했으나 거리가 멀어서 잘 보이지가 않았다.

다음 날, 영철이는 위험을 무릅쓰고 덕순이 집 근처 나무에 올라가 뒷마당에 있는 덕순이를 볼 수 있었다. 덕순이도 나무 위에 올라앉은 영철이를 보며 안타까운 손짓을 했다. 멀리서 볼 수 있는 것만으로도 마음 아픈 것이 조금 사라지는 듯했다. 그러나 집에 와서는 다시 여러 가지 고민과 실망감이 들기 시작했다.

밤새도록 잠을 못 이루며 영철이는 어떡하면 다시 덕순이를 만나 이 창살 없는 감옥에서 탈출시킬 방법이 없을까 여러 가지로 궁리해 보았다.

사람이면 누구나 결혼하여 한평생 살다가 저세상으로 떠나가는데, 결혼은 참으로 성스럽고 아름다운 것이라 영철이는 생각하고 있었다. 그런데 이 낡은 봉건 사회에서는 부모들끼리 자식 혼사를 마음대로 정해놓고, 자식들은 부모의 결정에 따라 결혼해야 하는 이런 인습을 반드시 타파해야 한다는 것이 영철이와 덕순이의 생각이었다. 덕순이와 영철이는 서로 깊은 마음의 정을 나누며 결혼하기로 약조한 것은 하늘이 그들에게 준 크나 큰 축복이며 은혜라고 생각하고 있었다. 이러한 하늘의 이치를 사람의 힘으로 억지로 막으려 하는 것은 삼복더위에 함박눈 내리기를 기대하는 것과 같은 것이라고 둘은 생각했다. 영철이나 덕순이 모두 앞으로 어떠한 어려움이 닥친다 해도 하늘의 순리에 따라 결혼할 것임을 목숨을 걸고 다짐했다. 영철이는 무슨 수를 써서라도 덕순이 누나를 탈출시킬 계획을 세워서 성공하리라 마음먹었다.

청혼한 광산업자

 덕순이에게 다시 청혼이 들어왔다. 금광업자 허일구 씨 아들 문섭이었다. 매파를 통해 청혼을 한 것이었다. 몇 달 전 금광업자 허일구 씨는 금이 나오지 않아서 경제적 어려움이 심각했다. 광부들의 임금도 제대로 주지 못했다. 집을 담보로 해서 은행에서 대출을 받아 광부들의 임금을 지불하기에 이르렀다.

 허씨는 회사가 파산의 위기에 처하게 되자 답답해서 자기 집 장독대 앞에 돼지머리를 놓고 금광에서 노다지가 많이 나오게 해 달라고 정성을 다해 밤늦게까지 기도를 했다. 마음속으로 내일은 노다지가 쏟아지라고 중얼중얼 기도하다가 잠이 들었다.

 꿈속에 고구마밭에 멧돼지 떼가 들어와서 고구마를 다 먹어버리고 있었다. 일구는 작대기로 멧돼지를 때리자 멧돼지 떼가 덤벼들어 집으로 도망쳐 들어왔다. 멧돼지 떼가 자기 집 방과 부엌으로 밀려 들어와 이제 큰일 났다고 큰소리로 외치다 잠에서 깨어나니 꿈이었다. 아침밥을 먹으면서,
"여보 부인 오늘 좋은 길조가 있으니 기다려 보시오."
하고 아들을 데리고 회사로 갔다.
금광 갱도에 들어간 광부들이 갱도에서 노다지를 캐 가지고 이제 우리는 모두 부자가 되었다고 외치면서 갱도 밖으로 나왔다. 광산업자 허일구 씨는 많은 노다지가 나와서 갑자기 큰 부자가 되었다. 큰 부자가 된 일구 씨는 덕순이를 며느리로 삼고 싶었던 것이다.

이런 상황을 모르는 영철이는 편지를 어떻게 덕순이에게 전달할까 궁리에 빠졌다. 덕순이 누나에게 편지를 썼으나 편지를 전달할 방법이 없었다. 우선 편지를 호주머니에 넣고 덕순이 누나 집 근처로 걸어갔다. 집 주변의 경비가 심해서 집 근처까지 가기도 어려운 지경이었다. 그래서 얼마 전에 내가 영철이란 청년임을 눈치채고 덕순의의 정보를 알려 준 젊은 일꾼을 찾았으나 보이지 않았다. 다음 날 다

시 가서 만난 그 일꾼에게 허리 굽혀 인사를 한 다음에 나를 좀 도와달라고 간곡히 부탁했다.

"제가 도와드릴 일이 있겠습니까? 어려운 일이 아니면 도와드리지요. 무슨 일인지 말씀해 보시오."

영철이는 덕순이에게 보내는 편지를 건네주며 부탁했다.

"이 편지를 덕순이 씨에게 전해 주셨으면 합니다."

"무슨 편지인지 모르겠지만 편지를 잘못 전하면 큰일납니다. 나는 이 일은 못 합니다."

젊은 일꾼은 정색하며 거절했다.

영철이는 다음 날, 다시 그 일꾼에게 부탁해야겠다고 생각하면서 또 거절당하면 어떻게 해야 하나 걱정이 많았다. 그런데 뜻밖에도 그 젊은 일꾼이 편지를 건네받으며 말했다.

"낡은 구습을 타파하고 새로운 세상을 만들어가자는 선구자들의 말씀대로 해드리겠습니다. 다만 편지가 발각될 경우 뒷마당으로 던져 넣었다고 말해야 합니다."

하며 영철이의 부탁을 들어주겠다고 했다.

젊은 일꾼은 덕순이에게 전할 편지를 받아들고 걱정이 이만저만이 아니었다.

"만약 이 사실이 탄로 나면 나는 바로 새경도 못 받고 쫓겨납니다. 제 부탁대로 던져 넣은 것으로 해 주세요."

"걱정하지 마세요, 모든 비밀은 제가 잘 지키겠습니다. 안심하세요."

잠시 후 집 안으로 들어갔던 일꾼이 나와 말했다.

"덕순 씨가 뒤뜰에서 산책할 때 편지를 전했습니다. 뭔가가 날아와 주운 것으로 알라고 했습니다."

영철이는 거듭거듭 일꾼에게 감사의 인사를 하고 집으로 돌아왔다.

덕순이와 영철이의 편지

사랑하는 덕순이 누나에게

나는 덕순이 누나를 영원히 사랑합니다.
우리가 헤어지게 되면 나는 이 세상 사람이 아닐 것입니다.
반드시 누나를 탈출시키고야 말 것입니다. 기다려 주세요.

덕순이 누나를 사랑하는 영철이가

그런데 며칠이 지나도 답장이 오질 않았다. 일꾼을 만나러 다시 덕순이의 집 근처로 갔다.
"도대체 제가 덕순 씨를 만날 수가 없어요, 만나야 편지 답장 이야기를 하지요."

라고 일꾼이 말했다.

덕순이는 영철이의 편지를 받고 밥도 먹지 않고 누워만 있었다. 덕순이네 집에서는 덕순이가 왜 갑자기 식음을 전폐하고 있는지 궁금하기 그지없었다. 특히 덕순이 어머니 걱정이 많아졌다. 덕순이가 영철이 편지를 받은 사실을 아무도 아는 사람이 없다. 덕순이는 자기에게 비밀리에 영철이 편지를 전한 일꾼을 어떻게 만나야 할지 여러모로 궁리하고 있었다.

덕순이는 영철이의 편지를 며칠 동안 소매 속에 넣어 다니다가 불편하여 잘 접어서 베고 자는 베개에 숨겨 놓았다.

어느 날 전에 영철이 편지를 전해 준 일꾼을 만났다. 영철이에게 편지를 전해 달라 부탁했더니 일꾼은 난색을 표했다.

"만에 하나 잘못되면 나는 이 집에서 쫓겨나게 됩니다."

"그 문제는 내가 책임을 질 터이니 걱정하지 말고 편지나 영철이에게 잘 전해 주시오."

하며 일꾼에게 두둑이 돈을 넣어주었다. 일꾼이 고맙다고 공손히 인사를 하고 바로 앞마당으로 뛰어나갔다.

덕순이의 답장을 받아본 영철이는 기뻐서 어린애처럼 이

리저리 뛰면서 미친 사람처럼 큰 소리로 웃었다. 영철이는 덕순이의 편지를 호주머니에 넣고 덕순이의 집 뒤, 덕순이네 뒤뜰이 잘 보이는 뒷동산으로 비가 와도 매일 갔다. 덕순이는 뒷마당에 나오는 시간이 일정하지 않아 어느 날은 오전에 나오고 또 어떤 날은 오후 늦게 나오기도 했다. 그래서 몇 시간씩 기다려야 하는 때가 허다했다. 사랑하는 사람이 아니면 있을 수 없는 일이다.

> 사랑하는 영철이에게
>
> 나도 영철이 너를 영원히 사랑할 거다.
> 만약에 우리가 잘못되면 나도 영철이를 따라
> 이 세상을 등질 것이다.
> 하루 빨리 나를 데려가 다오.
>
> 영철이를 사랑하는 덕순이가

일꾼으로부터 덕순이의 편지를 전해 받은 영철이는 다음 날 바로 답장을 보냈다.

사랑하는 덕순 누님에게

　부산행 군용열차에서의 탈출 사건과, 마곡사에서 맞닥뜨렸던 일본 고등계 형사의 불심 검문 등은 우리 두 사람의 사랑을 한층 더 굳어지게 만든 사건들이었습니다. 산천에 널려있는 피었다 지는 꽃처럼 지나간 젊은 청춘은 다시 돌아오지 않습니다.

　슬프도다. 지었다가 다시 피어나는 꽃처럼 우리의 젊음도 다시 온다면 얼마나 좋을까요? 그저 조물주가 야속하기만 합니다. 우리 두 사람의 사랑하는 마음은 그 무엇보다 단단합니다. 어느 누구도 우리의 서로 사랑하는 마음을 무너뜨리지도, 떼어 놓지도 못할 것입니다.

　우리의 사랑은 방해하면 할수록 더욱더 단단하게 굳어질 것입니다. 하늘이 무너지는 일이 있어도 우리 사랑은 변하지 않을 것이며, 시간이 가면 갈수록 우리의 사랑은 더욱 굳어질 것이 분명합니다.

　사랑하는 덕순이 누나, 이 어려운 시간이 지나고 나면 우리가 사랑을 속삭일 수 있는 행복한 시간이 돌아올 것을 믿고 있습니다. 그때까지 아프지 말고 몸 건강하게 잘 지내시고 힘내세요.

　　　　　　　　　영원한 사랑 영철이 올림

　덕순이도 질세라 장문의 답장을 써서 일꾼에게 맡겼다.

일꾼이 까막눈이라는 사실이 얼마나 다행스러운 일인지 모르겠다고 덕순이는 안도했다.

잊을 수 없는 영철이에게

하늘도 야박하다. 우리의 사랑을 이렇게 잔인하게 짓밟아 버리고 있다니! 그러나 하느님의 은혜가 우리 앞에 펼쳐질 것이라 나는 믿고 있다. 그래도 영철이 너는 행복한 거야. 멀리 나무 위에서나마 나를 볼 수 있지만, 나는 영철이 너의 모습을 조금도 볼 수가 없고 상상만 하고 있을 뿐이야.

마곡사에 있을 때 너와 내가 같이 오르던 태화산 등산길이 낙원의 등산길 같다. 다시 걷고 싶은 추억에 쌓인 아름다운 등산길이었어.

영철이 너를 보고 싶은 마음이 바다보다 깊고 하늘만큼 높단다. 밤이면 너를 보고 싶은 마음에 눈물로 베개를 적시곤 한다. 우리는 사랑을 위해 모든 것을 다 버리고 서로 사랑하고 있으니 우리 두 사람은 행복한 거야.

가벼운 추억은 시간이 흐르면 사라지지만 우리의 서로 사랑하는 마음은 시간이 지나면 지날수록 더욱 단단해질 것이라 나는 믿는다. 다만 지금 당장은 우리가 서로 떨어져 있어서 이렇게 사랑의 갈증으로 애태우고 있는 거야.

사랑하는 영철아 안녕 ~~

사랑하고 존경하는 영철씨에게 덕순이가

약혼식과 결혼일을 정해야 한다

 허일구 씨 집안과 덕순이 집안의 어른이 만나 약혼식을 하기로 약속을 했다. 약혼식 자리에서 결혼 날짜를 정하기로 했다. 특히 허씨 집안에서는 약혼식을 중시하기 때문에 약혼식을 하기 전 유명 역술가를 찾아가 예비 신랑, 신부의 생년월일과 태어난 시(사주)에 맞추어 길일을 잡아 약혼식 날짜와 시간을 정하고, 그와 더불어 자연의 섭리를 맞추어 결혼식 날짜와 시간을 정하기로 한 것이다.

 약혼식과 결혼 날짜를 장수, 다복, 다남 등의 궁합이 맞아떨어지는 행운의 날로 해야 하기 때문이다. 역술가가 잡아준 약혼식은 7월 7일, 결혼식은 10월 3일이었다. 두 가문의 어른들이 합의하면 모든 일이 끝나게 된다. 결혼 당사자들의 의견은 묻지도 않았다.

금광업자 일구 씨의 아들 문섭과 덕순이가 약혼식을 하는 날은 축하하는 친인척과 지인들이 많이 찾아와 잔치 분위기를 만들어 주었다. 약혼식을 치러야 하는 집에서는 축하객들을 대접하기 위해 많은 음식을 준비했다. 약혼식 며칠 전부터 예비 신랑과 예비 신부의 집은 매우 바빴다. 예비 신랑은 약혼식을 빛내기 위하여 한껏 멋을 부렸다. 예비 신랑은 화려하게 꾸민 백마를 탔고, 신랑의 앞뒤 좌우로는 호화롭게 장식한 조랑말들이 신랑을 호위하며 행진하였다. 동네에서는 약혼식의 주인공이 말 타고 가는 모습을 구경하기 위해서 많은 사람이 모여들었다.

  원래 말 타고 가는 행렬은 옛날에 과거 시험에 장원 급제하여 귀향할 때만 볼 수 있었던 광경이지만, 워낙 부잣집 예비 신랑이라 감히 참견하는 사람이 없었다. 한편 예비 신부는 열두 명이 메고 가는 큰 가마를 타고 가기는 하지만 그 위풍이 예비 신랑 행렬만은 못했다. 예비 신랑은 매우 기뻐하고 있으나 예비 신부는 얼굴에 수심이 많이 쌓여 있는 듯했다.

  구경 나온 사람들은 가장 즐거워해야 할 예비 신부의 표정이 어찌해서 저렇게 어둠이 가득한지 의아해했다. 예비 신부가 탄 큰 가마 뒤에는 예비 신부의 안전을 지키는 하인 세 사람이 뒤를 따랐다. 그런데 가마 안에 앉은 덕순이는 신세타령을 하고 있었다.

'나는 일생동안 같이 살아갈 사람은 영철이 하나면 족하다. 영철이는 비록 부자는 아니지만 근면하고 지혜가 있는 청년으로 평생을 같이 살아갈 수 있는 배필이라고 확신한다.'라며 읊조렸다.

오늘 약혼식을 하는 허 씨 집안은 평범한 조선 말기의 광산업자로 하늘이 내린 큰 부자이다. 허씨 집안도 돈으로 위세나 부리는 그런 집안은 아니다.

그러나 덕순이와 영철이는 영원한 사랑을 맹세한 첫사랑 연인이다. 부자는 아니나 영철이와 결혼하여 초가삼간 집을 짓고 살면서 낮에는 논밭에 나가 땀 흘려 일하고, 저녁이면 집에 와서 보리밥에 열무김치 넣고 고추장으로 비벼 먹으며 살면 얼마나 행복할까, 덕순이는 타고 가는 가마 안에서 혼자 앉아 이런 저런 많은 생각을 하며 눈물을 흘렸다.

덕순이네 집에서는 많은 돈을 쏟아부어 약혼식을 준비했다. 그러나 덕순이는 아무런 관심도 없었다. 다만 부모님의 성화에 못 이겨 약혼식에 참석했을 뿐이다. 덕순이가 약혼식 내내 무표정하게 말도 하지 않고 있으니 덕순이 어머니는 갑자기 불길한 생각이 들었다.

딸이 또 영철이와 함께 가출해 버리면 어쩌나 걱정이 태산이었다. 예비 신랑도 예비 신부의 표정을 보고 기분이 좋지 않았다. 그런데 갑자기 비가 부슬부슬 내리기 시작했다. 마음에도 없는 약혼식은 매우 호화롭고 많은 사람의 축하 속에 진행이 되었다. 구경하는 사람들이 예비 신부는 돈도 많고 행복하겠다고 부러워하는 대화 소리가 들려왔으나 덕순이는 조금도 기쁘지가 않았다.

아무 생각 없이 꼭두각시처럼 약혼식을 마치고 열두 명이 메고 가는 큰 가마 안에서 걱정거리만 연달아 떠올랐다.

어떻게 이 창살 없는 감옥에서 벗어날 수 있을까 하는 생각에서 덕순이는 벗어날 수가 없었다. 덕순이의 머릿속에서는 오로지 영철이와 살고 싶은 삶의 미래의 모습만 그리고 있었다.

부부가 같이 논밭에 나가 땀 흘려가며 일하고 집에 와서 김치와 고추장으로만 점심을 먹어도 즐겁기만 할 것이다. 장날에는 부부가 집에서 기른 새끼 돼지와 닭 몇 마리를 지게에 지고 나가, 돼지 새끼와 닭을 팔아 생긴 돈으로 동네 사람들과 어울려 장국밥 한 그릇 사서 부부가 같이 나누어 먹으면서 사는 서민들이 살아가는 삶의 이야기로 이야기꽃을 피운다. 이러한 재미는 서민이 아니면 맛보지 못하는 것들이다. 양반이나 부잣집 마나님이나 며느리는 쓰는 말조차도 조심스레 골라서 해야 하고, 하인들이 해주는 밥만 먹고 살아간다. 특히 그런 집안의 며느리들은 격식을 갖추어 품위 있게 고상한 말을 점잖게 해야 한다.

 웃을 때도 고상하고 멋있게 양반이나 부잣집 품격에 맞게 마나님답게 웃어야 한다. 서민들은 우물가에 물동이 이고 물 길으러 가서 동네 사람들과 만나 이런저런 이야기를 나누고 웃다가 집에 온다. 그런데 이러한 서민들의 생활을 양반이나 부잣집 마나님들은 맛볼 수가 없다. 그들은 어느 면에서는 불행한 인생 일지도 모른다. 그러나 나는 평범하고 건강한 청년과 결혼하면 양반이나 부잣집 마나님들이 사는 것보다 더 좋은 서민들만이 누릴 수 있는 행복을 누리며 살 수 있을 것이다.

덕순이는 무슨 일이 있어도 영철이와 결혼할 것이라고 큰 다짐하며 눈물을 떨구고 있었다. 덕순이는 약혼식의 진수성찬도 전혀 눈에 들어오지 않았다.

약혼식이 끝나고 저녁이 되자 덕순이는 불도 켜지 않은 캄캄한 방에 혼자 앉아 창살 없는 감옥에서 탈출할 생각뿐이었다. 대전에서 일본 고등계 형사의 불시 조사와 취조도 무사히 넘겨 살아 나왔던 생각을 하며 두 눈에서 눈물이 마치 여름 장대비처럼 주룩주룩 쏟아져 내렸다. 그러나 언젠가는 탈출하여 영철이를 꼭 다시 만날 것이라 다짐했다.

결혼식이 10월 3일이기 때문에 충분히 집을 탈출할 기회가 있을 것이라 생각했다. 덕순이가 얼마나 울었는지 손수건이 흠뻑 젖어 요강에 손수건을 짜다 보니 이번에는 요강 안으로 눈물이 떨어지기 시작했다. 영철이와 편지만 주고받을 것이 아니라 영철이를 직접 만나 같이 탈출할 계획을 세워야겠다고 다짐했다. 영철이를 만날 수 있는 계획이 성공한다 해도 신랑 집이 부호이기 때문에 일본 순사와 마을 사람들을 동원해서 곧바로 둘을 잡으러 쫓아올 가능성이 크기 때문에 그것이 가장 크게 걱정이 되었다.

덕순이는 영철이와 함께 탈출했을 때 다시 잡히지 않을 방법을 생각하느라 잠도 안 자고 울며 궁리궁리했다. 덕순이는 밤새 잠을 못 자고 울기만 해서 눈이 빨갛게 충혈되었다.

덕순이는 비가 많이 오는 날 밤에 영철이를 만날 수 있는 장소와 시간을 정해 놓고 편지를 전해 주던 일꾼과 극비리에 약속하였다.

장대비가 억수같이 쏟아져 내리는 날 밤에 영철이와 덕순이가 드디어 만났다.

영철이는 반가움에 덕순이의 손을 덥석 잡고 말했다.

"누나, 우리의 만남은 하늘이 마련해준 기회라고 믿어요. 왜 우리 사이를 갈라놓겠다고 하는지 알 수가 없어요."

"영철아 네 말이 옳다. 우리 부모님은 어찌하여 양반이나 돈이라면 눈이 어두워지는지 참으로 안타깝기가 그지없다. 내가 오늘 저녁에 집으로 돌아가면 어머니가 무엇 때문에 나를 양반집이나 부잣집으로 시집을 보내려고 하는 건지 그 까닭을 물어보고 결말을 내야겠다."

덕순이는 영철이의 손을 더욱 굳세게 잡으며 말했다.

그때 그리도 사납게 천둥 번개를 치며 무섭게 내리던 비가 한순간 바람이 불며 지나가더니 순식간에 비가 그쳤다. 그리곤 언제 비가 내렸냐는 듯 둥근 달이 대낮같이 밝게 비추고 있었다. 영철이와 덕순이는 자신들의 만남이 하늘이 돕는 것 같다고 생각했다. 둘은 낙담하지 말고 결혼할 방법을 찾기로 상의했다. 둘은 야학당에서 배운 '반달'을 콧노래로 부르며 마을 오솔길을 걸어갔다. 둘의 기분은 마치 천국에서 산책하고 있는 듯한 기분이었다. 그 행복감은 말로 다 표현할 수가 없었다. 오랜만에 두 사람의 만남이 성공리에 마무리되었다. 그리고는 각자 가벼운 발걸음으로 집으로 돌아갔다.

영철이는 집에 오자마자 이렇게 비가 많이 내리는데 어디를 밤늦게까지 돌아다니다 오냐고 어머니로부터 꾸중을 들었다.

"어머니, 덕순이 만나고 왔습니다."

영철이 어머니는 놀라며 영철이에게 단단히 일렀다.

"우리 집안과 덕순이네 집안은 사정이 다르니 아예 처음부터 단념해라. 이룰 수 없는 혼인이다."

"어머니 그런 걱정하지 마시오. 나는 지금 덕순이 만나서 우리 꼭 결혼하자고 단단히 약속하고 왔어요. 우리는 무슨 일이 있어도 반드시 결혼하고 말 것입니다."

영철이 어머니는 수심이 가득한 얼굴로 영철이만 물끄러미 바라보았다.

덕순이는 영철이와 헤어진 뒤 행복하고 기쁨에 가득 찬 마음으로 집에 돌아왔다. 집안 식구 모두 단잠을 자고 있었다. 덕순이는 까치발로 조용조용히 자기 방으로 아무도 모르게 들어갔다.

다음 날 아침, 덕순이가 어머니 방으로 찾아갔다.

"어머니, 오늘 어머니께 드릴 중요한 이야기가 있는데 말씀을 드려도 될까요?"

"그래 무슨 말인지는 모르겠지만 하고 싶은 이야기가 있으면 해 보아라."

"어머니, 왜 양반집 아니면 부잣집으로 나를 시집보내려고 그렇게 애를 쓰고 계세요? 사람이 결혼하면 평생을 같이 살아야 하는데, 어찌하여 사랑도 없고 마음도 서로 모르는 사람과 결혼하라고 이렇게 강요를 하십니까?"

"너는 아직 세상을 덜 살아서 세상 물정을 잘 알지 못해서 그렇게 생각하는 거다. 양반집, 부잣집과 혼인을 하면 너의 일생이 태평하고 풍요롭게 잘 살 수가 있다. 빈곤한 평민과 결혼하면 평생 죽도록 일을 해야 하니 고생스럽고 때로는 배도 고프단다. 영철이 그 청년도 사람 그 자체만으로는 흠 잡을 곳이 없다. 그러나 가정형편이 넉넉하지 못하여 평생 죽도록 일을 하고 고생을 하며 살아야 한다. 제발 어미 말 듣고 영철이 생각은 지금부터 마음속에서 깨끗이 지워버리고 이 엄마 말 듣고 허 씨 댁하고 사돈을 맺자."

덕순이 어머니가 덕순이의 손을 잡고 간곡하게 말했다.

"네 어머니, 어머니 말씀도 일리가 있으며 어느 면에서는 지당한 말씀입니다. 그러나 사람이 산다는 것은 사람끼리 만나서 어울려 살아가는 이야기 하며 서로 껄껄대고 웃으며 사는 것이 참모습입니다. 그러나 큰 집 안방에 앉아 해 주는 밥이나 먹고, 하인들에게 큰소리치며 사는 것은 무의미한 삶일뿐더러 죽은 인생과 같습니다. 서민들이 일하고 웃으며 사는 모습을 보고 무슨 재미로 사는지 알지도 못하니 양반이나 부잣집 마님은 인생의 참뜻을 모르고 그냥 수박 겉핥기로 인생을 사는 것입니다. 나는 참다운 인생을 살기 위하여 첫사랑인 영철이와 결혼하겠다는 생각이 굳어져 있습니다. 제발 어머니 저에게 허 씨네와의 결혼을 강요하지 말아 주세요."

덕순이의 확신에 찬 말에 할 말을 잃은 덕순이 어머니는 덕순이 때문에 큰일이 벌어지겠다고 걱정을 하며 부엌으로 나갔다.

덕순이는 한밤중에 다시 집에서 몰래 빠져나와 영철이를 만나서 미래에 대한 계획을 세웠다. 영철이와 덕순이는 결혼식 전에 집에서 몰래 도망쳐 나오기로 약속했다.

결혼식 열흘 전에 안면도로 도망가다

두 사람은 자기들의 보금자리로 소록도와 안면도, 두 섬 중에 어느 섬이 좋을까 상의했다. 두 사람이 살고 있는 곳이 보령이기 때문에 지리적으로 가깝고 친근감을 주는 안면도로 가서 사는 것이 좋겠다는 결론을 내렸다.

영철이 집에서는 영철이와 덕순이의 혼인은 단념하기로 했다. 노다지 횡재를 만나 거부가 된 허 씨는 왜정 말기 관가와 대단한 우호 관계가 있기 때문이었다. 영철이 부모가 생각하기엔 만약 잘못되면 정든 고향 땅에서 살지도 못하고 쫓겨날지도 모를 일이 생길 수도 있겠다고 생각했다. 그래서 영철이에게 덕순이와의 혼인을 포기시키기로 영철이 부모는 서로 합의를 한 것이었다.

한편, 덕순이 집에서는 영철이와 덕순이가 결혼 전에 안면도로 탈출할 계획을 마련한 사실을 추호도 알지 못하고 있었다. 덕순이 어머니는 결혼식을 성대하게 거행할 준비에 바빴다.

덕순이는 영철이와 안면도로 떠나기 직전에 어머니께 고별의 편지를 써서 베개 밑에 넣어놓았다.

어머니 전 상서

어머니 저는 오늘 밤, 이 정든 집을 떠나갑니다. 영철이와 함께 중국이나 일본으로 떠날 예정입니다. 저의 결혼식 예정일이 많이 남아 있는데, 영철이와 제가 타지에 가서 안착하려면 시간이 필요합니다. 제가 집을 떠나갔다는 이야기는 허 씨 댁에 결혼식 임박해서 알려야 합니다. 만약에 허 씨 댁에서 내가 집을 가출한 사실을 바로 알게 되면 아마도 일본 경찰과 많은 사람을 동원하여 우리 두 사람을 찾아낼 겁니다. 그리되면 우리 두 사람은 일본 경찰에 의해 감옥에 갇히거나 죽게 됩니다.

어머니, 저는 태어나지 말았어야 할 딸이 태어나서 이렇게 어머니 가슴에 대못질을 하였습니다. 이 불효막심한 죄는 제가 죽은 후에라도 어머니께 이 죄값을 치르겠습니다. 이 서신은 어머니만 보시고 꼭 태워버리셔야 합니다. 만약에 이 편지를 일본 경찰이 보기라도 한다면 우리 집안은 쑥대밭이 되고 말 겁니다.
　어머니 아버지 이 불효막심한 불효녀를 용서하세요~~~ 어머니 아버님 부디 만수무강하세요.

　　　　　　죄 많은 불효녀 덕순이 올림

　둘은 말로만 들어 오던 안면도에 당진, 홍성, 서산을 거쳐 무사히 도착했다. 둘이 살던 보령 땅 고향은 숲과 나무로 우거진 산골 마을이었다. 밤이면 온갖 벌레 소리와 산새들이 지저귀는 소리가 들리는 아름답고 평화스러운 농촌 마을이었다. 이따금 산짐승이 마을로 내려올 때 개 짖는 소리만 들릴 뿐이었다.
　안면도에 도착해 보니 산자락에 옹기종기 모여 있는 어촌 마을 뒤에는 울창한 숲이 있고 마을 앞에는 넓고 넓은 파란 바다가 잔잔한 바람에 넘실거리는 파도는 한 폭의 그림과도 같은 아름다운 섬이다. 두 사람은 먼저 안면도의 소나무 숲을 찾아갔다. 울창한 원시림 같은 곳에 오솔길이 나 있는

데 마치 지상 낙원인 듯한 느낌이었다. 영철이와 덕순이는 죄인 아닌 죄인으로 발이 묶여서 집에만 갇혀있다가 이렇게 울창한 솔숲과 넓고 넓은 푸른 바다를 바라보니 그동안 답답하고 슬펐던 마음이 탁 트이는 듯해서 여간 좋은 것이 아니었다. 둘은 다정하게 손을 잡고 솔숲길을 걸어가 보았다.

꿈만 같은 행복감을 느끼면서 안면도에 자리 잡기로 결정을 잘한 것 같다고 둘이서 큰 소리로 웃으며 이야기했다. 깨끗하고 넓은 안면도 바닷가는 지상 낙원과 다름없다고 둘은 생각했다. 영철이와 덕순이는 아주 오랜만에 두 사람이 함께 있는 것만으로도 너무 행복했다. 해변 길을 걸으며 맑은 물속에 보이는 가지각색의 조개를 주우며 걸을 때 잔잔하게 밀려오는 파도 소리는 마치 두 사람의 사랑을 축복해 주는 듯 느껴졌다.

바닷가 식당에서 둘은 오랜만에 맛있는 점심을 느긋하게 먹었다. 인심 좋은 식당 주인은 반찬을 마음껏 먹으라며 푸짐하게 차려 주었다. 경치 좋고 인심 좋은 안면도를 보금자리로 정한 것은 매우 잘한 결정이었다고 두 사람이 입을 맞춘 듯이 동시에 말했다.

안면도에 거처를 마련한 두 사람은 몇 개월 뒤 부여로 여행을 떠났다. 백마강 유람선을 타기 위하여 부여의 규암 나루터로 갔다. 배를 타기 전, 부여 팔경 중의 하나인 규암 수북정에 올라갔다. 이 정자 밑에 있는 바위를 자온대라고 하는데, 백제 무왕이 신하와 같이 유희를 즐기기 위해 왔을 때 이 바위가 스스로 따뜻해졌다 하여 자온대라고 하는 이름을 지었다는 전설이 있는 곳이다.

자온대에 앉아 부여 읍내를 감싸고 흐르는 백마강 물줄기를 바라보았다. 강변에는 백사장이 드넓게 펼쳐져 있어 그림처럼 아름다운 경치를 만들어내고 있었다. 자온대 위, 평평한 곳에 지어진 수북정은 조선 광해군 때 양주 목사를 지낸 김종국이라는 사람이 와서 지은 정자라고 영철이는 덕순이에게 알려 주었다.

영철이와 덕순이는 잠시나마 모든 시름 잊어버리고 다른 관광객들과 어울려 백마강 유람선에 올랐다. 관광객들은 유람선 위에서 흥에 겨워 춤을 추고 있었다. 그 모습에 넋을 잃고 있었는데 어느덧 유람선이 종착지인 고란사 근처 나루에 도착했다. 고란사 주변의 숲속에서는 새소리, 벌레

소리가 두 사람을 반기는 듯 요란스럽게 들려왔다.

　고란사의 경치가 너무도 아름다워 둘은 하룻밤을 묵어가겠다고 주지 스님에게 간청하여 허락을 받았다. 새벽에 울려 퍼지는 염불 소리와 목탁 소리가 부소산 숲속으로 퍼져 나갔다. 새소리까지 겹치니 그 풍경은 참으로 지상의 낙원과도 같았다.

낙화암 추락사고

아침 일찍 고란사에서 주는 절밥에는 비록 고기 반찬은 없었지만 여러 가지 산나물은 속세에서는 맛볼 수 없는 신비한 향기와 정갈한 맛으로 한 번쯤은 꼭 먹어 봄 직한 식사라고 서로 이야기하며 맛있게 먹었다.

아침 식사 후, 영철이와 덕순이는 고란사 주지 스님께 잊을 수 없는 경험을 할 수 있게 설명과 안내를 해 주셔서 대단히 감사하다고 작별 인사를 올리고 낙화암 위에 있는 백화정을 향해 자갈밭 돌길을 올라가기 시작했다.

유서 깊은 낙화암과 백화정 주변에는 발 디뎌놓을 틈 없이 많은 관광객이 모여있었다. 영철이와 덕순이도 관광객에 섞여 백화정 위에서 많은 관광객이 낙화암 주변의 아름다운 경치를 즐기고 있었다.

여기가 바로 낙화암이로구나. 오늘은 매우 기쁘고 즐겁고 행복하다고 둘이 말하고 있는 순간 갑자기 관광객 속에서 비명 소리와 함께 밀지 말라는 소리가 계속 터져 나오고 있었다. 낙화암 절벽 위에서 수많은 관광객이 넘어지는 도미노 현상이 일어났다. 낙화암 위에서 백마강으로 떨어지는 사람들은 남녀노소 가릴 것 없이 큰소리로 살려달라는 울음소리가 천지를 진동시켰다. 그러나 워낙 많은 관광객이 밀려서 절벽으로 떨어지고 있었기 때문에 아무도 구조의 손길을 내밀 수가 없는 상황이었다.

영철이와 덕순이도 낙화암 절벽에서 백마강 아래로 같이 떨어지고 있었다. 이 절박한 순간에도 영철이는 자신은 죽더라도 덕순이 만큼은 살려야겠다는 마음이 떠올랐다. 낙화암 절벽 쪽에 있는 덕순이 옷자락을 잡아 절벽 아래로 떨어지는 것을 면하도록 했다.

덕순이는 백마강으로 떨어져 내려가는 도중에 옷이 나무에 걸렸다. 강으로 떨어지지는 않았으나 나무에 매달려 살려달라고 비명을 지르고 있었다. 너무나 위험해서 어느 누구도 나무에 매달려 있는 덕순이를 구해 낼 생각을 할 수가 없었다. 다행히도 백마강을 지나가던 유람선이 낙화암 밑으로 떨어져서 사경을 헤매고 있는 많은 관광객을 구조해 냈다. 지나가던 유람선에 의해 구조된 사람도 많았지만, 낙화암에서 떨어지는 과정에서 심한 부상으로 죽은 사람들도 많았다. 영철이도 낙화암에서 떨어지는 과정에서 큰 부상을 입었으나 목숨은 살아 있었다.

  영철이는 부상 중에도 나의 사랑하는 덕순이 누나 어디 있어요? 덕순이 누나를 꼭 살려줘야 합니다. 덕순이 누나 어디 있어요? 영철이는 덕순이가 어디 있는지 알려달라고 계속 소리를 질러댔다. 덕순이 누나가 죽었으면 나도 죽을 것이니 나를 살리지 말고 배 밖으로 던져서 물고기 밥이 되게 해주세요. 영철이는 덕순이 누나 이름만 계속 부르며 통곡을 하고 있었다.

  한참 뒤에야 구조대가 사고 현장에 도착했다. 덕순이를 비롯한 많은 사람이 낙화암 절벽에 매달려 살려달라고 외쳐대고 있었다. 이를 목격한 구조대가 절벽에 매달려 있던 사람들 모두를 구조했다.

  구조된 사람 가운데에는 덕순이도 끼어 있었다. 구조된 덕순이는 사랑하는 우리 영철이는 어디 있어요? 빨리 자기를 영철이 있는 곳으로 데려다 달라고 소리치며 애원했다.

영철이는 아직 죽지는 않았으나 낙화암에서 떨어지는 과정에서 큰 부상을 입어 매우 위독한 상태였다.

  덕순이가 피투성이가 된 차디찬 영철이를 껴안고 영철이 이름을 애타게 불러봤지만 아무런 반응이 없다. 영철이는 부상 정도가 심해서 점차 의식을 잃어가고 있었다. 영철이가 아무 말이 없자 덕순이의 가슴에 알지 못할 슬픔이 고였다. 마치 영철이가 하늘의 작은 별이 된 것 같고 내가 그 별을 보고 있는 것처럼 덕순이는 자신도 모르게 그 별을 보며 슬픈 마음에 눈물이 앞을 가려 앞이 보이지가 않았다. 그 별을 보면서 영철이 이름을 아무리 불러 보아도 영철이는 아무런 대답이 없었다. 나도 네가 가 있는 저 별 옆으로 올라가고 싶구나. 저 하늘에서 둘이 어릴 적 야학당 다니던 그 고향 산천을 내려다보며 즐겁고 행복하게 같이 있고 싶었다. 사경을 헤매고 있는 영철이를 보면서 덕순이는 가슴 속 진심의 말을 읊조리며 영철이에 대한 사랑을 확인했다.
  영철이는 팔과 다리, 머리에 큰 부상을 당해 생명이 위험한 상태였다. 덕순이는 유람선 위에서 사경을 헤매고 있는 영철이를 보자마자 피투성이가 된 영철이를 부둥켜안고 통곡했다. 어떻게 나를 살려놓고 영철이 네가 나 대신 죽어야 한다니 이렇게는 아니 된다. 나도 영철이 너하고 같이 하늘나라에 가서 행복하게 살고 싶다면서 통곡을 하자 그 주변에 있던 많은 사람이 같이 따라서 울기 시작했다.

그때 영철이가 덕순이 울음소리를 듣고 정신이 들었다. 정신이 든 영철이는 덕순이를 보자마자 힘들게 입을 열었다.

"누나 나 때문에 많이 놀라셨죠? 누나 고생 많으셨어요. 이제 나는 죽으니 그만 나를 잊어버리고 집으로 돌아가 부잣집 허 씨 댁 아들과 결혼해서 행복하게 잘 사세요. 내가 하늘나라에 가서도 덕순이 누나가 행복하게 잘 살기를 빌겠어요."

"영철이 니가 나를 두고 혼자 어디로 떠나간다는 말이니? 우리 둘이 지금까지 많은 고생을 함께 했었고, 앞으로는 안면도에 가서 부자가 되어 사회에 좋은 일 많이 하며 잘 살아 보자고 약속해 놓고 이제 나만 살려놓고 영철이 혼자서 하늘나라로 떠나려고 하다니 절대로 아니 되는 말이다."

덕순이가 영철이를 붙잡고 뼛속까지 스며드는 애절한 통곡을 하니 주변에 있는 관광객들도 감동되어 같이 눈물을 흘리고 있었다. 영철이는 덕순이 누님께 마지막 작별의 인사를 고하고 그동안 베풀어 준 은혜를 갚지 못한 채 먼저 하늘나라로 간다며 숨을 거두었다.

덕순이가 영철이를 끌어안고 울부짖었다.

"영철 씨, 안 돼요. 나도 같이 가겠어요."

덕순이는 통곡하다가 피투성이가 된 영철이를 껴안고 강물로 뛰어 들었다. 피로 물든 강물 위로 영철이 시신과 함께 하류로 떠내려가자 수많은 사람이 영철이와 덕순이가 불쌍하다고 매우 애통해했다. 그러나 힘이 다 빠졌는지 영철이를 잡은 덕순이의 손이 스르르 풀리면서 둘은 떨어져 떠내려갔다.

백마강에는 많은 유람선이 지나고 있었는데 한 유람선 승객이 강물에 떠내려가는 사람을 발견하고 선장에게 알렸다. 선장은 즉시 배를 멈추고 사람을 건져 올렸다. 생사를 확인하기 위해 맥박을 짚어보니 다행히도 맥박이 뛰고 있었다. 선장은 급히 배를 돌려 나루터로 돌아갔다. 관광객들의 도움을 받아 덕순이를 나루터에 가까운 병원으로 옮겼다.

병원에서 치료를 받은 덕순이는 하루 만에 의식을 되찾앗

다. 덕순이가 눈을 떠서 천천히 사람을 알아보기 시작하더니 여기가 어디냐고 이따금 의사에게 묻기도 했다. 병원 측에서는 익사한 것으로 생각했던 덕순이가 의식을 회복하고 살아나자 축제의 분위기였다. 덕순이가 병원에 들어온 지가 열흘이 지났다. 건강이 거의 정상으로 돌아왔다. 그제서야 영철이를 찾았다.

"사랑하는 영철 씨 어디 있어요? 어찌 나만 살렸어요? 나도 영철이와 함께 죽어야 할 사람입니다. 영철이 어디 있는지 알려주세요."

무슨 말을 하는지 영문을 모르는 간호사가 물었다.

"영철이라는 사람이 누구예요? 우리 병원에는 덕순 씨 혼자 실려 왔어요."

덕순이는 그 말에 모든 것이 무너져 내리는 듯했다. 살아야 할 이유가 없는 듯했다. 심각성을 알아차린 의사가 진정제를 주사했다.

덕순이는 영철이와 같이 부산행 군용열차에서 탈출하여 마곡사로 같이 갔던 추억을 살리며 즐거워하고 있었다. 해가 저물어 마을의 한 노인 댁에서 아침저녁 대접을 잘 받고 누룽지까지 만들어 줘서 마곡사 가는 길에 누룽지를 맛있게 먹었던 일, 또 일본 고등계 형사가 쫓아와 도망치다가 막다른 골목에서 일본 고등계 형사에게 잡혀 곤혹을 치르던 일이 생각났다. 깜짝 놀라 깨어보니 꿈을 꾼 것이었다.

덕순이는 꿈속에서나마 영철이를 봐서 기분이 좋아졌다.

영원한 사랑을 위하여

　병원 측에서는 수소문 끝에 덕순이네 가족과 연락이 닿아 덕순이 부모에게 덕순이를 인계했다. 덕순이 집에서는 이미 죽은 줄 알고 시신을 찾을 수 없으니 영철이와 같이 영혼 묘를 어디에 만들어 줄까 생각을 하고 있던 터였다. 낙화암 아래 백마강에서 영철이와 함께 익사한 것으로 알았던 딸 덕순이가 살아왔으니 하늘의 도움이 아니고서는 이루어질 수 없는 일인 것만 같았다.
　덕순이 어머니는 딸이 영철이와 함께 낙화암 절벽에서 떨어져 죽였어야지 어찌하여 너 혼자만 살아왔냐고 꾸중하면서 너는 사랑스러운 딸이 아니라 애물단지 같은 딸이라고 울면서 나무랐다.
　이런 내막을 동네 사람이 다 알게 되었으니 덕순이를 어디로 출가시켜야 할지 갑자기 걱정이 태산 같았다. 덕순이 어머니는 영철이하고 같이 백마강에서 물에 빠져 죽어야지 어째 너 혼자만 살아왔느냐며 또 나무라면서 덕순이를 붙잡고 대성통곡을 했다. 덕순이도 어머니를 붙잡고 집이 떠나가도록 실컷 울어댔다. 두 모녀가 서로 부둥켜안고 오랫동안 울어도 가슴에 맺힌 슬픔과 원통함이 사라지지 않았다.

"어머니, 낙화암에서 백마강으로 내가 떨어져 죽게 되었을 때 영철이가 나를 살게 하고 자기는 백마강 혼자서 떠내려갔어요."

"이것아, 너도 영철이하고 같이 갔어야지. 혼자만 살아와서 어떻게 한단 말이냐?"

"나도 몰라요. 나도 같이 죽으려고 영철이를 붙잡고 백마강으로 뛰어들었어요, 죽은 영철이를 껴안고 백마강 물속으로 뛰어내렸는데 누군가가 나를 구조했어요. 내 처지에서는 구조해준 것이 몹시 원망스럽습니다. 어머니 이렇게 저만 살아와서 죄송합니다."

어느 날 마곡사 논에 피사리하러 갔다. 일본 고등계 형사 두 사람이 피사리하는 사람 중에 젊은 영철이가 수상하다고 공주경찰서로 연행하겠다고 했다. 주지 스님이 영철이는 선량한 황국 시민이라고 변명했으나 고등계 형사는 기어코 영철이를 연행했다. 덕순이는 일본 고등계 형사를 붙잡고 우리 남편 영철이는 선량한 일본국 사람이라고 큰 소리로 울고 있었다. 그러나 꿈이었다.

덕순이는 잠만 자면 영철이 꿈을 꾸었다. 우는 소리가 들려 옆 방에서 자고 있던 어머니가 덕순이 방에 갔다. 덕순이가 자면서 울고 있어 흔들어 잠을 깨웠다. 꿈속에서 영철이가 일본 고등계 형사에게 잡혀가는 것을 보고 울었다는 것이었다.

덕순이 어머니는 또 다른 걱정거리가 생겼다. 아무리 봐도 덕순이가 정신이상인 듯했다. 만일 그렇다면 어찌해야 할지 몰라 걱정이 앞섰다. 어머니의 걱정에는 아랑곳없이 덕순이는 밤이나 낮이나 오직 영철이 생각뿐이었다.

영철이와 태화산 등산길에서 송이버섯을 따 가지고 가서 주지 스님께 드렸을 때 주지 스님이 좋아하던 모습, 그때 영철이와 같이 박수치며 기뻐하던 생각만으로도 모든 것 다 잊어버리고 기쁘고 행복하기만 했다.

그런데 다시 그 영철이가 지금 여기에 없다는 현실적 생각이 들면 슬픔에 겨워 대성통곡을 하여 식구들을 깜짝깜짝 놀라게 하곤 했다. 더구나 덕순이가 실성한 사람처럼 방 안에서 혼잣말로 '영철이가 천국에서 내가 오기를 기다리고 있을는지도 모른다. 아니야. 영철이는 천국에서 내가 이승에서 부모님께 효도하고 좋은 사람 만나 재미있게 살다가 나중에 천국에서 만나기를 기대하고 있을 것 같다. 아니다, 이런 생각은 나의 욕심이겠지. 영철이만큼 나를 사랑했던 사람은 아무 데서도 찾아볼 수 없다. 빨리 영철이 만나보러 가야겠다'고 자나깨나 오직 영철이만을 생각하고 있으니 집안에서 덕순이는 큰 근심거리가 되고 말았다.

건넛마을에 살고 있는 황철종은 어렸을 때부터 덕순이를 좋아했다. 들리는 이야기로는 아직도 덕순이를 좋아한다고 했다. 덕순이 어머니는 이 혼사를 성취하는 것이 덕순이에게나 식구들에게나 모두 좋겠다고 생각하였다. 그러나 덕순이는 황철종이 이야기만 나와도 고개를 절레절레 흔들며 일언반구도 반응을 보이지 않았다. 한 번만 더 이야기를 꺼내면 그 자리에서 죽겠다고 어머니 앞에서 으름장까지 놓앉다.

덕순이의 마음은 지난날 영철이와 같이 부소산 산책을 했던 생각뿐이다. 덕순이는 영철이와 함께 황포돛대 유람선을 타고 뱃놀이하던 고란사에서 백화정까지 가서 낙화암 절벽에서 뛰어내려 백마강 깊은 물 속으로 가서 영철이를 만나는 것이 소원이며 꿈이었다.

덕순이는 마곡사 피살이 생활 중에 주지 스님이 들려주던 법문이 생각났다.

"인생은 고해다. 이것을 잘 극복해야 극락세계에 갈 수 있다. 쉽게 말해서 극락은 끝없는 영원한 행복의 세계이다. 아마 사람이 이 세상에서 겪어보지 못한 즐겁고 행복한 세상일 것이다. 극락세계에 가기 위해서는 자비를 베풀어야 한다."

"스님, 어떻게 해야 자비를 베푸는 것입니까?"

라고 영철이가 여쭈어보았다.

"거지에게 동냥을 정성껏 주는 것도 자비이다. 돈이 많은 사람에게 아첨하기 위하여 금품을 주는 것은 자비가 아니다. 사랑하는 사람끼리 작은 실수라도 용서해 주는 것도 자비임에 틀림이 없다."

 덕순이는 영철이와 스님이 나누던 이야기를 밤새도록 회상했다. 그리고는 혼잣말로 중얼거렸다.

 '사랑하는 영철 씨, 어찌하여 나를 두고 혼자서 이승을 떠났어요? 야속하고 원망스럽습니다. 사랑하는 영철 씨!'

 덕순이 부모는 애간장이 다 녹아서 없어질 지경이다. 야학당이 웬수 같이 생각되었다. 덕순이 어머니도 안방에서 밤만 되면 넋이 나간 듯 혼잣말로 중얼거렸다.

 '야학당이 없었다면 덕순이가 영철이를 만나지 않았을 텐데. 내가 왜 덕순이를 야학당이라도 보내서 언문이라도 깨치게 하려 했는지, 내가 웬수지 내가 웬수야.'

 딸과 아내의 실성한 듯한 넋두리를 매일 밤낮으로 듣는 덕순이 아버지는 모두가 에미 때문이라고 강하게 원망하여 가정의 불화까지 생겨났다.

 부모의 불화를 지켜볼 수밖에 없는 덕순이는 더욱 가슴이 미어졌다.

 '어머니와 아버지가 화목했던 금슬이 나로 인하여 갈등이 생겨났다. 가슴이 무너지는 것 같다. 우리 모녀는 전생에 무슨 죄를 많이 지어서 이런 업보를 짊어지고 살아야 하는

지 원통하기만 하다.'

덕순이와 어머니는 서로 붙잡고 눈물이 아니라 진한 핏물을 흘리고 있었다.

더는 견딜 수 없었던 덕순이는 낙화암 절벽에서 뛰어내려 죽을 결심을 하고 부모님께 이승에서의 마지막 편지를 썼다.

아버지 어머니 전 상서

잘 자라서 좋은 사람 되라고 가르치고 길러주셔서 감사합니다. 나도 모든 노력을 다하여 부모님의 뜻대로 잘 자라서 어머니와 아버지가 자랑할 수 있는 딸이 되고자 노력을 해 왔습니다. 그러나 나의 잔인한 운명이 태풍처럼 계속 내 앞에 다가오고 있습니다. 저는 저의 운명을 받아들이기로 했습니다.

어머니 아버지, 불효자식 못난 덕순이를 더는 생각하지 마세요. 그리고 잊어주세요. 먼 후일 극락에서 어머니 아버지 만나서 이승에서 못한 효도를 다 갚겠습니다.

어머니 아버지,
건강하고 행복하게 사세요.

못난 불효자식 덕순이 올림

야밤을 틈타 집을 빠져나온 덕순이는 그 길로 부여로 갔다. 영철이와 함께 손잡고 다녔던 부소산 길을 따라 낙화암 절벽에 이르렀다. 오로지 이승을 떠난 영철이를 다시 만나야겠다는 일념으로 그가 죽어간 낙화암을 찾은 것이다.

그녀는 밤이 되어 낙화암 큰바위 위에 올랐고 마음의 준비가 다 된듯 순간 덕순이는 눈을 지그시 감고 '부처님, 사랑하는 영철이를 극락에서 만나서 행복하게 영원히 사랑할 수 있게 도와주십시오.'라고 마음 속으로 간절한 기도를 하였다.

그리고 나서 행여나 혹시 또 지난번 처럼 다른 사람의 눈에 띄어 그들이 자기를 구조를 할까바 강물 바닥으로 가라앉을 수 있게 주머니마다 돌맹이를 가득 넣었다.

그는 긴 호흡을 다시 하고 눈을 감고는 낙화암 절벽에서 강물로 몸을 힘차게 던졌다.

우크라이나 전쟁을 보며 / 177
사랑방 추억 / 184
편지(便紙)와 우체부(郵遞夫) / 191
고목(古木)에 꽃이 피다 / 201
명동성당 / 206
사기꾼 동창의 말로 / 213
서울 안에 있는 태고의 숲 탄천 / 228

우크라이나 전쟁을 보며

러시아가 우크라이나를 침공한 지 벌써 3년이 다가오고 있다. 러·우 전쟁을 보며 나라를 잃고 살던 일제 시대가 떠 올랐다.

나는 일제 강점기인 1935년 충남 부여의 깊고 깊은 산골에서 태어났다. 나라 잃은 설움이 뭔지도 모르고 어린 날을 지내다가 나는 국민학교(초등학교)에 입학한 후에야 뼈저리게 느끼게 되었다. 일본 제국주의자들은 국민학교 1학년에 입학한 어린 아이들에게까지 일본어 교육을 통하여 일본에 대한 충성심을 강요하고, 우리나라 배달민족의 영혼을 말살시키려는 식민지 교육을 강제로 펼쳤다.

우리 민족의 영혼을 말살시키는 가장 악랄했던 교육이 우리말을 사용하지 못하게 하는 것이었다.

일본인 담임 선생님이 일주일에 표 10장씩을 학생들에게 나누어 주었다. 학교나 집에서 우리 말을 사용하다가 같은 학교 친구에게 적발되면 그 표 한 장을 빼앗겨야 했다. 표를 많이 빼앗긴 학생은 학교 성적 내신 점수에서 최하위 등급을 받게 되는 것이었다.

 학생들은 어린 나이에도 학교에서 열심히 공부하고 친구들과 노닥거리며 우정을 나누기보다 오늘은 어느 놈의 표를 빼앗을까 하는 그 생각뿐이었다. 표를 많이 빼앗은 날은 기분이 좋고, 반대로 표를 많이 빼앗긴 날은 잠도 잘 자지 못했다. 교실에서 옆자리에 앉아 있는 친구가 다정한 동무가 아니라 표를 뺐고 빼앗기는 경쟁자요 감시자일 뿐이었다.

 아침에 학교 가는 등굣길에서 친구들을 만나도 다정한 인사를 나누기는커녕 서로 원수같이 노려보며 말도 없이 걸어가기만 했다. 당시에는 표 한 장에 따귀 한 대씩 때리는 놀이도 유행했었다.
 "너는 왜 따귀를 세게 두 대나 때리냐? 나는 어제 약하게 한 대만 때렸다!"

이런 대화가 시빗거리가 되어 여기저기에서 코피가 터지도록 철모르게 싸우는 일도 빈번했다. 때로는 아이들의 이런 싸움에 잘 지내던 동네 어른들의 사이도 껄끄러운 관계가 되는 일이 비일비재했다. 심지어 일부 학생은 학교 다니는 것이 재미없고 무서워서 학교에 다니지 않겠다고 몽니 부리는 일까지도 생겼다.

웃지 못할 이야기 하나가 떠오른다. 쌀을 전쟁 물자로 빼앗겨서 먹을 것이 부족해지자 일제는 만주에서 콩기름을 짠 후에 나오는 콩깻묵을 식량으로 배급해 주었다. 그런데 상한 콩깻묵과 호밀가루를 섞어서 밥을 지어 먹을 수밖에 없었다. 동네에서 이집 저집 배앓이 하는 사람들이 부지기수로 늘어났다. 어른들이야 집에서 앓고 누워 있으면 되지만 학교에 다니는 학생들은 학교에 빠질 수가 없으니 그것이 문제였다. 날이 갈수록 아픈 배를 움켜쥐고 등교하는 아이들의 숫자가 점차 늘어났다.

어느 날, 음악 수업 시간이었다. 비록 일본 노래였지만 학생들이 손뼉 치고 엉덩이를 들썩이며 신나게 노래를 부르고 있을 때, 갑자기 몇몇 학생들이 코를 막고 교실 밖으로 뛰쳐나가기 시작했다. 왜냐하면, 한 학생이 교실에서 바지에 그대로 변을 본 것이었다. 선생님도 변 냄새에 숨쉬기가 어려웠겠지만 그래도 야단을 치지 않고 왜 말을 하지 않았냐고 하셨다. 그러자 그 아이가 '선생님~ 나는 일본 말을 할 줄 몰라요.' 그 말을 들은 일본인 선생님은 아무 말도 못 했다.

 선생님은 그 학생을 조용히 화장실로 데리고 가서 몸을 씻겨 주었다. 그리고 선생님의 여벌 바지로 갈아 입혔다. 그 학생은 선생님의 바지를 입은 채 그날의 수업을 마칠 수가 있었다. 그런데 집으로 돌아가는 내내 친구들은 '선생님 바지 입은 똥싸개'라며 그 아이를 놀려댔다. 이러한 일은 가슴 아픈 비극의 한 예에 불과하다.

 일본과 미국과의 전쟁에 대한 여러 가지 유언비어가 마을 전체에 퍼져 주민들은 불안 속에 하루하루를 지내고 있었다. 어쨌든 우리가 사는 길은 빨리 미국이 전쟁에서 승리할 수 있도록 도와야 한다고 주장하는 사람도 있었다. 일본이 망해버려야 나라 없는 설움을 면할 것이라고 모두가 입을 모았다. 일본 제국주의자들은 언어 말살 교육만 한 것이 아니었다.

1939년에 태평양 전쟁을 일으킨 그들은 어린 학생들까지 전쟁 물자 마련에 총동원했다. 방학 과제물이 오늘날과 같은 국어 산수 관련 학습이 아니라 태평양 전쟁에 필요한 물자 부족을 메꾸기 위해 갖가지 물건을 학교에 공출하라는 것이었다. 공출보국(供出報國)이라 하여 쇳덩이 곡물, 놋그릇을 쓸어간 것도 모자라 어린 학생들에게 방학 숙제로 싸리나무 껍질, 칡넝쿨 껍질을 산에 가서 벗겨다가 개학 후 학교에 제출해야만 했다.

어린 학생들은 방학 숙제를 하기 위해 낫을 들고 지게를 지고 산으로 가야 했다. 칡넝쿨과 싸리나무를 베어 지게에 지고 산을 오르내리다가 넘어지고 다쳐서 피를 흘리는 경우가 다반사였다. 과제물을 많이 제출해야만 좋은 성적을 받고 적게 제출하면 벌을 피할 수 없으니 나라가 뭔지, 전쟁이 뭔지도 모르는 어린 학생들이 생고생하였다.

저학년 아이들은 과제물이 무거워 직접 가져가지도 못하고 아버지, 어머니께서 대신 지게에 짊어지고 가거나 머리에 이어 학교까지 가져다주기도 하였다. 뜻이 있는 학부모들이 모여서 아이들의 표 빼앗기 놀이나 강제적인 일본어 교육에 문제가 있다는 의견을 학교에 전달하기도 하였으나, 학교 당국은 지금 우리 대일본 제국은 미국과 태평양 전쟁을 치르고 있는데 무슨 망국적인 말을 하느냐며 당장 건의 사항을 취소하든지 학생을 자퇴시키라고 겁박하기도 했다.

나는 지금도 생생하게 기억하고 있는 아버지와의 대화가 있다. 해방을 맞이하기 서너 달 전쯤으로 기억된다. 잠자리에서 아버지에게 여쭈어보았다.

"아버지, 저 학교에 그만 다니면 안 될까요?"

그러자 아버지는,

"물고기는 물을 떠나서는 살 수가 없다. 흐르는 물을 거슬러 올라가는 것은 거의 불가능한 일이다. 세월 가는 대로 따라가거라. 머지않아 좋은 세상이 올 것이다."

"아버지~ 그럼 좋은 세상이 오면 그때 다시 학교에 가면 되잖아요?"

"공부를 중단하면 안 된다. 처음에는 일본이 기세등등하더니 자꾸 공출을 독려하는 것을 보니 전쟁 물자가 많이 부족한가 보다. 요즘 하늘에 미국 비행기가 하얀 연기를 내뿜으며 정찰을 하고 있는데, 일본은 대포 한 번 쏘지 못하고 구경만 하고 있다는 소문이 많이 돌고 있단다. 아마도 일본이 미국에 항복할 날이 곧 올 것 같다."

"그럼 우리나라는 어떻게 되나요?"

"그렇게 되면 우리나라는 일본의 식민지배에서 해방되게 된다. 학교에서도 일본어를 하지 않아도 되고 일본어를 배우지 않아도 될 것이다. 아직은 이런 이야기를 학교에 가서 하면 안 된다. 만약에 일본 사람들의 귀에 들어가기라도 하면 우리 집안은 쑥대밭이 된다."

"아버지~ 쑥대밭이 뭐예요?"

"그건 우리가 일본 주재소에 끌려가서 죽도록 매를 맞고 만주로 쫓겨나게 된다는 것이다. 그러니 지금은 아무 생각하지 말고 학교를 잘 다녀야 한다. 머지않아 좋은 세상이 온다. 그때가 오면 학교에서 우리 말도 배우고 우리나라 역사도 배울 것이다."

"아버지 그렇게 되면 참 좋겠네요. 내일부터는 학교에 잘 다니겠습니다."

〈월간문학〉 2022년 7월

사랑방 추억

 반평생 넘게 아파트 생활을 해서 이젠 익숙해질 법도 한데 아직도 낯설 때가 많다. 그 이유는 아파트는 주택과 달리 폐쇄적인 공간 구조이기 때문이다.
 솔직히 생활하기 편한 것으로 말하자면, 단독 주택에 비해 아파트는 나무랄 데 없이 편리한 점이 많다.
 아파트는 안에서 현관문만 닫고 있으면 비가 오나 눈이 오나 바람이 부나 밖에서 대동굿을 해도 모를 정도다. 심한 경우에는 앞집에 사는 가족 구성원들의 얼굴을 다 모르고 살기도 한다.
 아파트가 살기에 편하면서도 낯선 것은 아무래도 내가 시골에서 태어나고 자란 때문이리라.
 이제 나이를 먹어 늙은 몸 마땅히 갈 곳도 없고 불러주는 이도 없어 아파트 거실에서 물끄러미 창밖을 내다보고 있으면 문득 어릴 적 고향 집 사랑방이 그리워진다.

내 고향은 부여인데, 부여 중에서도 가장 궁벽한 산골 마을이었다. 고향의 여염집들은 대개 안채와 사랑채를 갖춘 'ㅁ'자 구조였다. 안채는 여인들의 살림 공간이고, 사랑채는 그 집안 가장의 독립이 보장되는 남자만의 고유 공간이었다.

우리말에 안사람, 바깥양반이라는 말이 있는데 이 말은 바로 우리나라 가옥 구조에서 유래된 것이다. 안채에서 생활하는 아내를 안사람, 바깥사랑채에서 생활하는 남편을 바깥양반이라고 불렀던 것이다. 안채와 사랑채 사이에는 안마당이 있고, 사랑채 밖에도 또 너른 마당이 있다.

안마당에는 꽃밭을 만들어 집안의 운치를 살렸으며 마당에는 다용도로 쓰는 공간들이 많았다.

바깥마당에서는 멍석을 깔아놓고 곡식을 타작하기도 하고, 아이들의 놀이터가 되기도 하고, 집안에 혼례나 상례가 있을 때면 상례, 혼례 의식을 치르는 공간이 되고, 여름밤에는 마당에 모깃불을 피워놓고 멍석에 둘러앉아 가족들이 피서의 공간으로 사용하는 등 다용도의 열린 공간이었다.

내가 유년기를 보냈던 1940년대의 고향 정경 가운데 가장 잊지 못할 그리운 공간이 사랑방이다. 안채가 여인들의 살림 공간이라면 사랑채는 그 집안 가장의 문화 공간이었다. 내 고향 집은 사랑방이 아버지의 침소로만 쓰였지만, 동네의 지체 높은 양반들은 사랑방에서 책을 읽고 글을 쓰고 시화를 즐기고 손님들을 맞이하기도 했다.

고향 마을의 부잣집 사랑방들은 서슬 퍼렇던 일제의 압박 속에서도 늘 사람들로 북적거렸다. 떠돌이 장사꾼, 탁발 나선 스님, 점쟁이, 소리꾼에, 가끔은 건달패까지 참으로 다양한 사람들이 그 집 사랑방으로 모여들었다.

산골 마을 사람들은 그 사랑방을 통해서 바깥세상 물정과 이야기를 접할 수가 있었다. 소리꾼은 무명천으로 만든 커다란 배낭 안에 춘향전, 심청전, 장화홍련전 등 옛 이야기책을 넣어가지고 다녔다. '전기수(傳奇叟)'라 불리는 소리꾼은 사랑방에 모인 마을 사람들 앞에서 구성지고 신명 나게 심청전 판소리 가락을 읊어댔다.

심 봉사가 자신의 눈을 뜰 수 있게 해주겠다는 사기꾼의 말에 여식 심청이를 공양미 300석을 받고 중국 무역상 뱃

놈들에게 넘겨준 뒤, 막상 딸이 떠나는 날이 되자 제정신을 차린 심 봉사가 끌려가는 딸 심청이를 붙잡고 '가면 아니 된다, 못 간다, 앞을 못 보고 그냥 살아도 좋으니 가지말라' 며 부녀가 부둥켜안고 목놓아 울어대는 장면에서는 사랑방 툇마루 주변에 있던 동네 아낙네들과 아이들이 마치 자신들이 심 봉사 부녀가 된 듯이 통곡을 하였다. 일시에 동네에 초상이라도 난 것처럼 사랑방 주변이 울음바다로 변하기도 했다.

사랑방은 늘 영락 없는 극장 분위기였다. 어느 날은 한 늙수그레하고 낯선 탁발 스님이 와서 사랑방에 머물렀다. 교회도 절도 없던 마을에 노스님이 오니 마을 아낙네들은 저마다 쌀이나 콩 자루를 머리에 이고 몰려들었다. 우리나라 3대 사찰 중, 불보(佛寶) 사찰인 해인사에서 왔다는 스님은 팔만대장경 이야기로 사랑방에 모여든 사람들의 관심을 모았다.

팔만대장경은 고려 고종 1236년부터 38년에 걸쳐 완성되었는데 부처님의 힘으로 외적을 물리치기 위해서 만든 경판인데, 해인사에 오랫동안 보관되어 있다는 스님의 말에 언젠가는 꼭 해인사에 가서 보고 싶다고 다짐하는 여인들도 많았다.

스님은 이어서 극락과 지옥의 이야기로, 아낙네들을 부처의 세계로 끌어들였다. 이승에서 지은 죄로, 지옥에서 고통으로 신음하는 모습을 눈물을 흘려가며 이야기하다가는 다시 극락세계 이야기로 화제를 바꾸어 환한 얼굴로 설법을 하며 사람들에게 선업을 쌓기를 권유하는 스님 앞에 동네 아낙네들은 저마다 공양물을 바치며 고개를 끄덕였다. 그 날은 사랑방이 마치 큰 절의 법당이 된 듯한 날이 되었다. 이렇게 하룻밤을 묵고 떠나는 스님의 배낭에 사람들이 시주한 많은 곡물이 그득했다.

어느 해 초가을 날씨가 꽤 쌀쌀하고 눈마저 펑펑 내리는 날, 구두를 신고 양복까지 잘 차려입은 멋진 신사가 사랑방을 찾아 들었다. 오는 손님을 내쫓지 않는 그 댁에서는 넉넉하게 차린 주안상으로 그 신사를 대접하였다.
낯선 신사가 사랑방에 든 모습을 본 마을의 남정네들이 궁금증을 참지 못하고 삼삼오오로 모여들었다. 신사는 강제적인 을사늑약 체결 과정을 설명하고 현재 중국, 미국 등 여러 곳에서 항일 독립운동을 하고 있다고 나지막한 목소리로 조용히 이야기하였으나 매우 결연한 태도로 세상 돌아가는 이야기를 했다.

지금 미국과 일본이 태평양에서 전쟁 중이나 조만간에 커다란 변화가 있을 것이니 각별히 조심하라며 세상 물정에 까막눈인 마을 사람들에게 의미심장한 말을 했다. 이 말을 들은 마을 사람들은 저마다 잘못되면 우리 동네가 쑥대밭이 된다며 우리는 아무 말도 안 들은 것으로 하자며 서로 입단속을 했다.

이튿날 새벽이 되자 양복 입은 신사는 소리 소문도 없이 마을을 떠났는데, 뒤이어 주재소 순사 두 명이 나와 마을 사람들을 조사하기 시작했다. 마을 사람들은 간밤에 했던 약조대로 시치미를 떼고 그 사람에 대해 우리는 아무것도 모른다고 이구동성으로 말하여 위기를 넘겼다. 당시 신문도 라디오도 없던 1940년대의 궁벽한 고향의 사랑방은 마을 사람들이 모여 농사 일정이나 자녀들의 혼사 문제, 조상님들의 제사 일정 등을 서로 주고받는 소통의 장소였으며, 공동체 의식이 강한 마을 사람들의 문화 교류의 역할을 톡

톡히 해냈었다.

  내가 사는 아파트단지에도 옛날의 사랑방과 비슷한 구실을 하는 노인정이 있기는 하다. 나는 몇 번 발걸음해 보았으나 예전 고향 마을의 사랑방 같은 정취와는 거리가 멀었다. 반백 년 가까이 도시 생활을 해왔음에도 불구하고 아직도 아파트의 노인정이 낯선 까닭은 유소년기의 고향 정취와 고향마을 사랑방에 대한 그리움이 워낙 강하기 때문이리라.

〈지구문학〉 2022년 봄호

편지(便紙)와 우체부(郵遞夫)

나는 이제 구십을 바라보는 노인이 되었다. 늦깎이 수필가로 등단하여 문인으로 활동하다 보니 종종 여기저기에 원고를 보낼 때가 생긴다.

그때마다 편집자들이 이메일로 원고를 보내 달라고 요청을 하면 컴퓨터로 작성한 원고를 메일함에 가서 보내기 표시를 한 번 누르는 것으로 끝이 난다. 간편하기 이를 데 없다. 예전 같으면 손으로 직접 쓴 원고를 들고 잡지사나 출판사, 신문사를 직접 찾아가서 전해 주거나 우체국에 가서 등기 우편으로 부치는 수고를 했어야 했다.

그리고 우편으로 보낸 경우에는 그 원고나 편지가 제대로 들어갔는지 또 전화를 걸어 확인해야 했다.

그러나 요즘은 이메일로 보내고 나중에 수신 여부를 확

인해서 어느 날짜, 몇 시, 몇 분에 읽었는지까지 바로 알 수 있으니 예전 시대와는 격세지감이 아닐 수가 없다. 이메일로 원고를 보내다가 문득 그 옛날의 우체부가 떠올랐다.

나는 1930년대에 충청남도 부여군 임천면에서 태어났다. 그곳은 지금도 깊은 산골인데 당시에는 전기조차 들어오지 않고 차도 다니지 않고, 라디오가 뭔지도 모르던 아주 궁벽한 오지 중의 오지였다. 세상 소식은 어쩌다 읍내를 다녀온 사람들을 통해서 귀동냥으로 얻어 듣거나 며칠에 한 번씩 마을에 나타나는 우체부를 통해서 듣는 것이 전부였다. 당시의 우체부는 단순히 편지만 배달하는 사람이 아니었다. 앞서 말했듯이 바깥세상 소식을 전해주는 통신원을 넘어 편지를 대신 읽어주는 대독자(代讀者)이며 편지를 대신 써 주는 대필자(大筆者) 역할까지 일인 다역을 해주는 사람이었다.

1930~40년대에는 우리 고향 마을 사람의 절반 이상이 낫 놓고 기역 자도 모르는 문맹자였는데, 교육에서 철저히 소외된 여인들은 남자들보다 그 정도가 더욱 심해서 아낙

네들의 대부분이 문자를 모르는 까막눈이었다.

 타지로 돈 벌러 나간 남편이 편지를 보내와도 읽을 수가 없으니 우체부를 붙들고 읽어 달라거나 학교 간 아들이 돌아오기를 종일 기다릴 수밖에 다른 방법이 없었다.

 학교가 끝난 후, 곯은 배를 움켜쥐고 헐레벌떡 뛰어오는 아들은 엄마를 보자마자, 엄마 배고파요~ 빨리 밥 주세요~ 하며 소리를 지른다. 그러나 엄마는 밥을 줄 생각보다는 편지 읽는 게 더 급했다.

 "얘야, 밥보다 더 급한 일이 있단다. 아버지한테서 편지가 왔으니 빨리 읽어다오."

 아이는 '엄마~ 아빠가 소 한 마리 살 돈은 벌었는데 쟁기 살 돈까지 벌어 가지고 오신대요.' 하니,

 "응, 그래 이렇게 좋을 수가~~! 참으로 기쁜 소식이구나. 편지를 읽는 네 목소리가 아버지 음성을 똑 닮았구나. 너하고 이야기를 하고 있으면 마치 네 아버지랑 같이 이야기하는 느낌이 든단다. 옛말에 씨도둑은 못 한다는 말이 있는데 정말 그렇구나."

 "엄마~ 아버지가 그렇게 좋으세요?"

"아무렴~~ 좋구말구!"

기쁜 마음에 모자는 서로를 끌어안고 우리도 이제 잘 살아보자며 덩실덩실 춤을 추는 광경은 지금도 눈에 선하다.

서울로 돈 벌러 간 아들이 고향 부모님께 편지를 보내왔다. 마당에서 일하다가 우체부에게서 편지를 건네받은 농부가 다시 편지를 우체부에게 주면서 부탁한다.

"우체부 양반 아시다시피 내가 까막눈인데 무슨 편지인지 좀 읽어주시겠소?"

우체부가 일러준다.

"아드님 철수한테서 온 편지예요."

"아 그래유? 갸가 서울에 돈 벌러 간다고 올라간 지가 벌써 한 해가 지났는데, 그간 소식이 통 없어서 걱정이 이만저만 아니었는데 그래 뭐라고 왔습디까?"

우체부가 편지를 천천히 읽기 시작했다.

"아버님 어머님 그간 별고 없이 건강하게 잘 지내시는지요~ 저는 서울에 와서 동대문시장 포목점에 취직해서 잘 지내고 있습니다. 포목점 주인께서 사람은 공부를 해야 한다며 저를 야간 중학교에 넣어주셨습니다. 그래서 이제 어엿한 중학생이 되었습니다. 낮에는 포목점에서 점원 일을 하고 밤에는 야간 중학교에 가서 공부하고 있습니다."

우체부가 채 편지를 다 읽기도 전에, 철수 아버지는 우체부를 끌고 집으로 들어가 부인에게 주안상을 차리게 했다. 우체부는 배달해야 할 편지가 우편 가방에 수북한데 철수 아버지는 우체부에게 연신 술잔을 권하였고 우체부는 '그만요 그만~~' 손사래를 치면서도 넙죽넙죽 술잔을 계속 비웠다.

철수 아버지는,

"우체부 양반~ 내 부탁 하나만 들어 줄수 있겠소?"

"무슨 부탁이신지 모르겠지만 말씀해 보셔유~ 까짓것 뭐 할 수 있는 것은 다 해드려야지요."

"우리 철수에게 답장 한 장만 써 주시겠수? 내가 다음에 또 술 한 잔 톡톡히 내리다."

"그러지유 뭐~ 헌데 저 오늘 사랑방에서 재워 주실 수 있남유?"

"그럼유, 오늘뿐 아니라 매일이라도 자고 가슈"

그날 밤 우체부는 결국 답장 한 통을 쓰고 철수네 사랑방에서 하루를 묵었고, 그의 자전거에는 옥수수와 감자가 한 자루 가득 실려 있었다.

우체부가 다니는 동네는 매우 넓다. 동쪽 붉은 하늘에 뭉게구름이 각양각색의 모양으로 떠 있다.
우체부는 피곤했으나 우편 가방을 메고 나간다. 넓은 들녘에 아지랑이가 자욱하다.
실개천을 뛰어 넘어가면 평화스럽게 새봄을 맞이하여 물속에서 헤엄치던 송사리 떼가 놀라서 모두 어디론가 달아나 버린다.
들녘에서 나물 캐 가지고 오던 아낙네들이 우체부 아저씨를 만나서 안녕 인사를 하면 밀려오던 피로가 싹 사라지고 행복감이 저절로 생긴다.

여름날, 저편 하늘에서 시커먼 구름 떼가 갑자기 몰려와 소나비가 억수같이 내리자 신작로에서 김이 무럭무럭 피어올랐다. 폭염이 다소 수그러지고 숲속에서 불어오는 바람이 시원하다. 우체부가 생각하기를 객지에 나가 있는 자식이나 남편의 소식을 이제나 저제나 하며 기다리고 있는 편지들을 내 우편낭 속에 지고 있음을 생각할 때, 우산도 없이 무거운 우편 가방을 메고 발걸음을 재촉해야만 했다. 편지를 배달한 후 대신 읽어주고 나서 시원한 냉수 한 대접을 얻어 마시고는 또 다음 집으로 서둘러 달려가야만 한다.

티 없이 맑고 푸른 창공에 번득이는 아침 햇살은 오늘도 삼복더위를 능가할 것을 예고하듯 더워지기 시작한다. 그래도 가을 아침 바람은 시원한 맛이 감돈다. 창공에 머물러 울어대는 종달새 소리는 푸른 초원을 황금빛으로 갈아입히고 있다. 짙푸른 나무가 우거진 앞산에는 벌써 울긋불긋한 단풍잎이 보이기 시작했다, 숲속에서 이리저리 날아다니면서 울어대는 새 소리는 평화스럽기 그지없다. 그래도 기다리고 있는 사람이 많음을 생각할 때 우체부는 기쁘기만 하다.

편지를 기다리는 사람은 편지를 받으면 마치 편지를 보낸 사람을 맞는 거와 똑같이 맞이하며 반가워하니 우체부의 발걸음은 늘 가볍다. 편지 배달하러 어서 가자, 어서 가자. 아무도 지나가지 않은 눈길이 깨끗하다. 그냥 밟고 지나가기가 아깝다. 눈이 내렸지만 그래도 날씨는 따뜻하다. 양지바른 곳에 청설모와 다람쥐가 솔잎이나 가랑잎으로 쌓아놓은 속에, 이들의 겨울 양식인 도토리와 상수리, 밤 등이 수북이 쌓여 있다.

아무도 가져가지 않는다. 산천도 들판도, 실개천도 얼음과 눈으로 덮여 있다. 돌아다니는 새도, 짐승도, 사람도 거의 없다. 살을 에는 듯한 북풍만 불고 있다. 산에서는 나무 사이를 지나는 바람 소리와 쇠붙이를 깎는 듯한 소리만 들린다. 날씨는 춥기만 하고 마주치는 사람도 거의 없다. 편지 왔다고 대문 또는 사립문 밖에서 큰 소라로 말하면 '그냥 놓고 가시오.' 할 때는 절망감도 밀려온다. 그러나 어떤 집에서는 추우니 어서 방으로 들어오라며 환대를 해주기도 한다. 그럴 때면 기쁨과 행복감, 그리고 보람이 느껴진다. 추운 겨울인데 온기가 철철 넘치기도 한다.

우체부는 무거운 우편낭을 메고 편지를 배달하러 다니는 게 점점 힘들어져서 자전거를 구입했다. 자전거를 타고 배달을 하니 빠르고 편하며 세상 모든 것을 얻은 듯 만족스러웠다. 그 당시에는 자전거가 자동차와 마찬가지로 길거리에서 흔하지 않은 교통수단이었다. 우체부는 걸어서 편지를 배달할 때보다 시간이 많이 절약되어 퇴근 후, 집안의 가사 일을 도울 수가 있어서 좋았다. 자전거 타고 갈 때 어린 학생을 만나면 자전거 타고 가는 '멋쟁이 우체부 아저씨'하면서 고사리 손을 흔들어 주면 어깨가 으쓱해진다.

 편지를 배달하면서 그 편지를 대독 대필해 주면 어르신들이 보리 푸대, 볏가마니 등을 수레에 실어주었던 일, 비가 많이 내릴 때 소학교 학생의 손을 잡고 개울을 건네주었던 일 등 지난날 우체부 생활을 회상해 보니 궂은일을 많이 해 주었던 것 같아 보람이 느껴졌다.
 높은 벼슬을 하여 양복 입고, 안경 쓰고 목에 힘 주고 다니며 마을 사람들로부터 인사받는 것만은 못해도 마음속에서 우러나는 서민들의 꾸밈없는 인사를 받을 수 있었던 한평생 우체부 생활이 가슴 뿌듯한 보람으로 다가온다.

 1940년대에는 문맹퇴치 운동으로 동네에 야학당이 있었다. 현재 우리 사회에 고령자 중에 컴퓨터를 모르는 사람이 많은데 이들에게 컴퓨터를 가르쳐주는 옛날의 야학당과 유사한 시설이 생겼으면 좋겠다. 평생 우체부 생활한 것을 조금도 후회하지 않고 오히려 감사하고 자랑스럽게 여기며 여생을 행복하게 보낸 우체부가 그립다.

고목(古木)에 꽃이 피다

 귀는 인체의 가장 중요한 부분의 하나이다. '귀가 잘생긴 거지는 못 보았다.'는 옛이야기가 있다. 귀는 모든 소리를 달팽이관으로 전달하는 역할을 한다. 귀는 인간이 만든 현대의 안테나보다 우수하다.
 사람의 귀는 잘생겼거나 못생겼거나 어느 귀를 막론하고 모든 소리를 뇌에 전달하는 역할을 해준다. 사람은 태어나기 전에도 어머니 뱃속에서 자라면서 주변 환경의 영향을 받는다고 한다. 갓난아기 적, 잠 투정할 때 자장가를 엄마가 부르면 아기는 새록새록 단잠을 자기 시작한다. 아기가 좀 자라서 '예쁜 짓 해 봐' 하면 벙긋벙긋 미소를 짓는다.

우리말에 임금님 귀는 커야 한다고 하는 말이 있다. 옛날이나 현재나 왕이나 대통령은 백성의 좋은 소리 쓴소리 모두 다 잘 들어야 백성이 태평성대를 누린다는 말이다.

우리 보통 사람들도 귀가 고장이 나서 정상적으로 들을 수 없다면 어떤 일이 벌어질까? 사람이 산다는 것은 보고 들은 것을 말하고, 말하는 것을 느끼고 생각하는 것이 사람이 살아가는 것이라 할 수 있다. 그런데 보고 듣는 것 어느 하나라도 결여되어 있다면 거의 죽은 것이나 마찬가지다. 이 세상에는 아름다운 노래와 시도 무수히 많다. 뿐만 아니라 기쁜 소식을 듣고 같이 기뻐하고, 슬픈 소식 듣고는 위로하며 서러워하는 것이 사람 사는 사회의 순리이며 도리이다.

인간이 이러한 희로애락을 듣지도 못하고 향유할 수 없다면 이처럼 슬픈 일은 없을 것이다. 귀가 있어도 듣지 못하면 칠흑같이 캄캄한 어두운 밤에 길을 헤매는 것과 비슷한 삶을 살아가는 불행한 생활을 하는 것이나 다름이 없다.

사람이 태어날 때부터 듣지도 보지도 못하면 참으로 안타깝고 불행한 사람이라고 옆에 있는 사람이 말할는지 모르지만, 본인은 이런 일은 어쩔 수 없는 것으로 생각하며 심각한 것으로 생각하지 않을지 모른다. 그냥 자기만족 하면서 살아가는지 궁금하기도 하다. 게다가 말까지 못 한다면 산다는 것이 아니라 암흑 속에서 그냥 헤매고 살고 있는 것이니, 평범한 사람다운 생활을 한다고도 인정할 수는 없는 일이다. 만일 인간이 사람의 귀와 같은 인공적인 귀를 만들 수만 있다면 이는 코페르니쿠스적(Copernicus 1473-1543) 변화가 일어나 인류 사회에 크나큰 업적을 남겨주게 될 뿐만 아니라 특히 난청 환자들에게는 크나큰 희망을 안겨 줄 것이다.

  내가 인공와우를 사용하기 위한 수술을 하는데 찬성할 뿐만 아니라 권하는 친구가 있었다. 인공와우를 이용해서 난청 문제가 해결된다면 열 번이라도 해야 한다는 격려의 말에 환희에 찰뿐더러 기쁨이 하늘을 찌르는 듯했다. 드디어 나도 젊었을 때처럼 사회생활을 제대로 할 수 있다는 희망에 밤잠을 설치기도 했다.

농아도 이제 의학이 최고도로 발달하여 BTS 음악도 수어 통역을 통하여 이해하고 정상적인 사람과 다름없이 음악을 감상할 수 있는 시대가 왔다. 그리하여 농아들도 비록 말을 직접 들을 수는 없지만 자기가 좋아하는 가수들의 노래를 즐기고 콘서트장을 찾는 농인들이 늘어가고 있다. 그뿐만 아니라 어느 농아는 수어를 통하여 BTS의 철학적 가치에 공감을 갖을 수 있다고 기뻐하기도 한다.

(출처 : 조선일보 2023. 4. 22.목)

나는 인공와우를 머리에 장착하는 수술을 한 후에는 가족들의 모임에서 서로 인사를 나누고 대화하면서 식사도 같이 잘하게 되었다. 인공와우를 하기 전에는 듣지 못하니 어떤 대화를 하고 있는지 모르기 때문에 식사만 열심히 하였다. 참으로 안타까운 일이다. 그런데 인공와우를 한 후에는 가족들과 친척들의 목소리가 옛날 듣던 소리를 다시 듣게 되어 가슴이 설레었다. 한없이 반가웠고 감격적이었다. 예전의 일들이 저절로 떠오르며 마음이 벅찼다.

나는 노래를 못하나 가곡을 즐겨 듣곤 했다. 자동차 운전을 할 때나 산책할 때에도 가곡을 많이 들으며 즐거워 했었다. 점점 나도 모르게 노래를 들을 수 없게 되어 보청기를 착용해도 나중에는 별다른 효과가 없어서 많은 실망과 고생을 했었다.

그런데 인공와우에 대한 소식을 전해 듣고 망설이다가 인공와우를 귀에 장착하고 지난 시절에 들었든 가곡을 약 30년 만에 듣고서는 깜짝 놀라서 어리둥절했다. 꿈인지 생시인지 부인한테 '내가 지금 살아있어요?' 했더니 '당신 지금 무슨 잠꼬대하고 계세요?'라고 말하였고 나는 '지금 내가 살아서 30년 전의 가곡을 제대로 듣고 있어요.'라고 하면서 가곡을 큰 소리로 따라 부르며 어깨춤을 자연스럽게 추게 되었다.

이제 귀를 고쳤으니 인생의 끝자락에 살면서 웃어보자!
이제 봄이 와서 희망의 꽃이 피는 계절이 벌써 되었구나!
아, 기쁘고 즐겁도다!

〈한국문학인〉 2024년 가을호

명동성당

한국의 천주교가 뿌리내려 발전의 기틀을 마련 하게 된 것은 교구장들의 희생이라고 생각된다. 명동성당은 한국의 명산 중의 명산인 남산 자락에 자리 잡고 있다. 명동성당에 가보면 서울을 한눈에 거의 볼 수 있는 아름다운 곳이기도 하다.

명동성당 지하묘지에 안장된 두 분을 알아보고자 한다.

제2대 교구장 성 앵베르(Imvert) 주교

성 앵베르 주교는 선교활동 중 배교자의 신고로 자신의 거처가 알려지자 교우들의 안전을 위해 관아에 자기가 하고 있는 일을 알리고 순교의 길을 택했다. 그리하여 군문효수(軍門梟首)라는 극형으로 1939년 9월 21일 새남터에서 순교했다.

1901년 1월 2일에 명동성당 지하묘지에 안장되었다.

(1925년 복자품에 오르고, 1984년 교황 요한 바오로2세에 의해 시성됨)

제4대 교구장 성 베르뇌 (Berneu) 주교

성 베르뇌 주교는 주님을 알린다는 죄목으로 두 번이나 사형선고를 받고도 선교하다가 1866년 3월 7일 병인박해 때 체포되어 군문효수(軍門梟首)형으로 새남터에서 순교했다.

1900년 9월 5일에 명동성당 지하묘지에 안장되었다.

(1968년 복자품에 오르고, 1984년 교황 요한 바오로2세에 의해 시성됨)

천주교 신자는 아니더라도 명동성당을 관광 삼아 가서 구경하는 사람들이 많다. 그러나 아름답고 거대한 이 명동성당을 언제 누가 지었는지 아는 사람은 별로 없다. 그러나 아름답고 천국의 냄새가 풍기는 명동성당 앞에 서면 천주교 신자가 아니더라도 고개를 숙이고 옷깃을 바로 하고 쓰고 있는 모자도 다시 쓰고 경건한 마음으로 성당을 바라 보게 된다. 부끄럽지만 믿음도 얕은 내가 감히 명동성당이 처음에 시작한 과정을 간단하게나마 써보기로 한다.

명례방

　조선시대에 명례방은 우리나라 신앙 공동체가 형성된 곳이다. 1784년 중국에서 맨 처음으로 세례를 받은 이승훈 베드로 신부가 명례방에서 우리나라 사람들에게 영세도 주고 포교 활동을 했던 곳이다. 1830년 순조 30년 이후에는 선교사들의 비밀 선교 활동의 중심지가 되었다. 1845년 헌종 11년에 귀국한 김대건 안드레아 신부께서도 이곳 명례방에서 포교 활동을 많이 하였다고 한다.

명례방 토지 매입

　천주교 조선교구는 이러한 연유로 1883년 고종 20년 명례방 언덕의 일부인 지금의 명동성당 일대를 매입했다. 매입 당시 이곳은 판서를 지낸 침계 윤정현의 집이었다. 추사 김정희가 윤정현의 부탁을 받고 30년 만에 써준 서예작품 '梣溪(침계)'를 써준 유명한 곳이기도 하다. 윤정현의 집은 바깥채만 해도 60칸이 되는 매우 크고 넓은 집이었다. 처음에는 이 한옥을 그대로 교회로 이용했다고 한다.

명동성당 공사 시작과 중단

 명동성당은 1882년에 한미 수호조약 체결로 종교의 자유를 고종 24년 1887년에 선포했다. 7대 교구장이셨던 프랑스인 블랑(Blane) 주교에 의해 성당 지을 토지를 매입하고 성당 신축을 위한 정지 작업에 착수했다. 그러나 1888년 조선 정부가 성당 신축 작업 중지와 성당을 신축할 토지 매입의 권리를 요구했다. 그 이유는 현재 중구 저동에 있었던 조선 역대 임금의 영정을 모신 영희전의 주맥에 해당한다는 풍수지리적인 이유에서였다. 그뿐만 아니라 명례방 언덕에서는 조선조의 궁궐뿐만 아니라 한양도성 안에 있는 모든 것들을 한눈에 내려다볼 수 있는 곳이기 때문이었다.

 명례방 터에 성당을 지을 경우 궁궐보다 더 높은 곳에 성당 건물이 들어서게 된다는 것은 불경스러운 일이라는 것이 당시 조선왕조의 확고한 신념이었다. 그 당시 성당 건물은 한결같이 높은 언덕 위에 자리 잡고 있었다. 서양 건축의 입지적 특성을 이해한다 해도 당시 조정에서는 가볍게 묵과할 수 없는 일이었다. 그리하여 성당 신축 공사가 4년

간 중단되었다.

1866년 제6대 리델(Ridel) 교구장 때 병인박해가 일어났다. 이때 많은 신자가 순교했다. 병인박해(1866년)로 인하여 강화도에 프랑스 군함이 쳐들어와 프랑스 극동함대 사령관 로즈가 강화도에 상륙하여 고려궁에 있는 규장각의 서적과 은괴 등을 약탈해 가는 사건이 발생했다. 1886년에 한불수호통상조약이 체결되어 종교의 자유를 선포하게 되었다 했다. 다시 명동성당 신축 작업이 시작되었다. 명동성당 신축 작업에 수많은 남녀 교우들이 무보수로 성당 신축 공사에 참여했다.

명동성당의 신축 과정

1890년에 2대 주교 성 앵베르 (Imvert) 신부가 총감독을 맡아 성당을 짓기 시작하고, 코스트 신부가 자기 고향 몽펠리에 있는 성당을 본떠 설계했다. 순수한 고딕 평면 형식인 라틴 십자형 건물로서 문화적인 가치가 큰 것으로 높이 평가되고 있다. 1894년에 일어난 갑오 농민전쟁과 청일전쟁으로 인하여 신축공사를 하던 중국 사람들이 모두 철수했다. 이로 인하여 성당 신축공사가 6년간 지연됐다. 1896년 2월에 설계자인 코스트 신부가 선종하고 그 뒤를 이은 프와넬 신부가 완공했다.

처음 명동 성당의 크기와 비용

1. 길이 68.25m
2. 폭 29.02m
3. 높이 46.70m
4. 비용 6만 달러(한화 150만 냥)
5. 시공 참여 인부 : 주로 중국인
6. 지어진 붉은색 벽돌 : 용산방의 와서현에서 제공
7. 흙 : 새남터에서 가져온 흙을 사용

당시에는 서양식 건물로서 이렇게 예술적 가치가 큰 건물은 조선 8도에서는 거의 찾아볼 수가 없었다. 많은 백성은 이 건물 안으로 들어가면 천당으로 갈 수 있을 것이라 믿어 비신자들도 명동성당을 구경하기 위하여 모여들었다.

마침내 1898년 5월 29일 성령강림 대축일에 제8대 조선 교구장 뮈텔(Mutel) 주교의 집전으로 역사적인 성당 축성식을 거행했다. 이와같이 많은 수난을 겪으면서 지어진 명동성당은 한국 천주교가 이 땅에 뿌리내린 복음의 상징이며, 고딕 건축의 성당 규범을 충실하게 적용하여 세워진 건물로서 건축사적 가치가 매우 높이 평가되어 한국인의 자랑거리라 아니 할 수 없다.

사기꾼 동창의 말로

이 마을은 경치가 아주 좋은 마을이었다. 높은 뒷산에는 원시림으로 숲이 우거져 있어, 한겨울에도 마을 우물이 얼지 않고 김이 무럭무럭 나서 주변에서 유명세가 대단하였다. 여름철 큰 가뭄에도 솟아나는 우물물은 줄어들지 않고 시원하였다.

이런 산자락에 이 씨와 박 씨 집성촌이 서로 대대로 양반의 자랑스러운 후예라고 자부하며 살아가고 있는 마을이었다. 이 마을엔 이 씨와 박 씨가 90%를 차지하고 타성은 자식들이 외지에 나가 자유로이 결혼해서 들어온 일부가 있을 뿐이었다. 이 집성촌에는 서로가 친척 아닌 사람이 거의 없다. 90여 호 되는 이 마을 사람들은 한집안 식구처럼 화목하게 서로 잘지내었다. 이른 봄부터 농사일을 거의 끝낸 음력 7월 7일 견우와 직녀가 만난다는 칠석 명절에 마을 축제를 여는 것이 이 마을의 전통이다.

 찜통 같은 무더위를 이겨가며 농사일을 거의 마치고 마을 주민 전체가 한자리에 모인다. 봄부터 농사를 짓느라 모두가 고생을 많이 했다. 가끔씩 한자리에 모여 막걸리 한 사발씩 서로 나누며 아저씨 이모부 당고모부 하면서 서로서로 술잔을 돌려 가며 사물놀이에 노래와 춤으로 더위 속에 고생한 농부의 피곤함을 달래는 자리도 종종 있었다.
 어느 날, 해가 서산을 붉게 물들어가는 저녁 시간이었다. 늦더위가 식어가고 있던 어느 날, 마을 사람 모두가 술 한 잔씩 걸치고 흥이 나서 미주알고주알 수다를 떨다 농부의 피곤함을 달래며 집으로 돌아가는 사람들이 하나둘씩 자리에서 일어날 때였다.
 평소에는 자주 만나는 친구가 아닌 동창 이완용은 공부도 잘하고 서울에서 대학도 다닌 멋쟁이 초등학교 동창생이 있었다. 서울에 가서 돈도 많이 벌었다고 소문이 많이 나있는, 잘 나가고 있는 멋쟁이였다. 그런데 뜻밖에 촌수로 따지면 동생뻘 되는 그가 유난히 다정하게 내 옆자리에 앉았다.

"형님 제가 청이 하나 있어요~."

"그 청이 무엇인데?"

"그리 어렵지 않아요~.내가 지금 사업을 하고 있는데 자금이 부족해요. 금융조합에서 대출을 받으려면 보증인 한 사람이 있어야 합니다."

"그래 무슨 사업을 하는데?"

"무역회사를 설립했는데 회사 규모가 점점 커지다 보니 자금이 많이 필요해요."

"그럼 대출 받아 쓰면 되지~."

"저는 대출이 한계가 넘어서~~"

"그럼 규모를 줄여서 하면 되겠네~"

"무역은 국내에서 물건을 사서 외국으로 보내는 것이니 손해 보는 일은 절대 없어요. 그리고 규모가 커야 돈을 많이 벌 수 있지, 영세무역은 돈을 못 벌어요. 틀림없고 안전하니 형님이 보증인이 되어 주시면 크게 무역을 할 수 있습니다."

"우리나라 속담에 다른 사람의 보증을 서는 자식은 두지도 말라는 속담이 있는데,미안하지만 보증은 서주지 못하겠네. 다른 사람 구해 보게."

이완용은 나보다 공부도 잘하고 서울 가서 대학 졸업까지 하고 나보다 한 수 위인 동생뻘 되는 동창이다. 이튿날 내가 논에서 혼자서 일을 하고 있는데 이완용이 갑자기 또 찾아와서 가슴이 덜컥했다. 보증을 서달라고 떼쓰면 어떻게 거절을 할지 몰라서 몹시 난감했다. 다른 것은 몰라도 보증 서주는 일만은 절대 못 하겠다고 마음을 단단히 먹었다.

그런데 이완용이,

"형님 너무하십니다. 내가 집이 여기 있는데 어떻게 형님 돈을 떼어먹고 어디로 도망을 가겠습니까? 이 사업은 가장 안전한 무역업입니다. 이번에 보증을 서주시면 나중에 형님을 크게 도와 드릴 거예요. 뿐만 아니라 형님 아들이 학교 졸업하고 나면 우리 대덕무역회사에 우선적으로 채용할 것입니다."

당고모의 아들이며 동창인 이완용이 아들을 대덕무역회사에 취직시켜 주겠다는 그 말에 마음이 움직이기 시작했다. 그러나 마음 한구석에는 개운하지가 않았다. 특히 아내는 보증 서주는 것을 극구 반대했다. 그러나 나는 아들이 그 무역 회사에 취직해서 일하게 되면, 그 회사의 내막을 잘 알 수 있을 터이니 괜찮을 거라고 아내를 설득했다.

내가 보증을 서 주지 않자 대덕무역회사 사장 이완용은 동창이며 형뻘 되는 또다른 친구에게 다시 보증인 서명을 부탁하기 위해 서울의 무역 회사 사무실을 한 번 구경시켜 주기로 결심했다. 이완용 사장은 동창 형님댁으로 찾아가 대문을 두들겼다. 형님이 문을 열고 나오자 이완용이 말했다.

"형님, 오늘 저하고 회사 구경하시고 식사나 같이 하십시다. 형님도 무료하실 테니 내 차 타고 교외로 바람이나 한번 쐬러 가십시다."

"바람은 무슨 바람을 쐰다는 거야?"

"저희 회사 구경시켜 드릴 테니 저와 같이 한번 가 보시자구요. 보증은 안 서 주셔도 괜찮습니다."

형님은 동창 이완용과 같이 서울 그의 회사 사무실에 갔다. 회사의 규모도 생각했던 것보다 크고 회사 직원도 많았다. 이완용이 형님에게 '형님 아들딸도 학교 졸업하고 우리 회사 해외지사에 근무하려면 영어를 잘해야 합니다. 그러니 아이들에게 특히 영어 공부를 잘 시키라'라고 조언을 해 주었다.

"형님 이왕 서울에 오셨으니 남산에 가서 저와 함께 서울 구경 한 번 해보세요. 저도 서울에 오래 살았지만 아직 남산에 한 번 못 가 봤거든요. 서울은 정말 넓고 구경거리가 많아요. 그런데 형님 죄송하지만 오늘은 제가 회사 일로 매우 바쁘니까 이따가 우리 홍 기사가 직접 형님을 집에까지 모셔다 드릴거예요."

형님은 난생 처음 자가용을 타보고 서울 구경도 잘하고 내려왔다. 그러나 저녁에 곰곰 생각해보니 걱정거리가 많아졌다.

아내에게 서울에서 있었던 얘기를 해주었다.

"여보, 오늘 내가 대덕무역에 가서 보니 회사도 크고 사원들도 많았고 우리 아들과 딸을 학교 졸업하면 해외 지사에 근무하도록 해준대요. 아이들에게 영어 공부 잘 시키라는 부탁도 받았어요."

"그래서 어쩌란 말이에요. 모두 다 좋은데 보증인 되는 것만은 반대입니다."

아내는 단호하게 말했다.

대덕무역회사 사장 이완용이 다시 찾아왔다. 그는 형님에게 "보증인 서류를 완비해 가지고 왔습니다. 형님이 여기에 도

장만 찍어주시면 됩니다. 형님,우리 회사 재정 튼튼합니다."
  아들과 딸의 취업 문제가 잘 될 것 같아서 마음이 동요하기 시작했다. 그의 회사가 쉽사리 망할 것 같지 않아서 아내의 반대에도 그는 보증인 서류에 서명하기로 마음이 돌아서기 시작했다. 그는 대덕무역회사 사장 이완용의 성화에 못 이겨 보증인 청을 들어주고 말았다.

  이완용 대덕 무역 회사 사장은 회사 규모를 크게 확장해서 많은 돈을 벌었다. 무역회사는 날로 번창하여 규모가 매우 커졌다. 그러자 이완용 사장은 호사스러운 생활을 하면서 기고만장하였다. 이쯤 되면 남자한테 여자가 꼬시려 드는 것은 자연스러운 일이다. 그런데 정말 성공한다는 것은 이것을 극복하는 사람이 성공하는 것이다.
  어느 날 이완용이 승용차를 타고 고향에 왔다. 운전기사와 여비서는 앞에 타고 뒷좌석에 책상다리를 하고 앉아 여느 고관대작 못지않게 거들먹거리고 있는 그의 모습은 동창 친구이지만 보기가 역겨울 정도였다. 그가 좀 겸손했으면 좋겠다는 생각이 들었다. 형님은 그에게 이제 그만 보증인을 해지하자고 요구하자 바로 해지해 주겠다며 걱정하지 말라는 말만 하며 보증인 해지를 해주지 않았다.

"내가 지금 우리 동네 토지 전부를 사라고 하면 당장 모두 구입할 수 있는 돈도 있다."

라고 큰소리까지 쳤다.

자가용 아니라 자동차도 보기 드문 시절에 기사와 비서까지 대동하고 시골 고향에 온 걸 보면 그가 소문처럼 무역해서 돈을 많이 벌기는 한 것 같았다. 그런데 허세가 심한 모습이 매우 구차스러워 보였다.

사장인 남편이 방탕한 생활을 하면 아내가 현명하게 남편을 보좌해야 가정과 회사를 잘 이끌어 나갈 수가 있다. 그런데 그의 아내되는 사람도 계주를 하며 남편보다 더 사치스러운 생활을 했다. 이렇게 그들 부부는 따로따로 놀아났다. 남편이 젊은 여자를 만나 집에 잘 들어오지 않자 아내는 그에게 이혼을 청구했다. 남편은 이런 좋은 기회가 세상에 어디에 있나 하며 속으로 쾌재를 부르며 즉시 아내와 이혼하고 그 젊은 여자와 재혼을 하였다.

그의 전처도 많은 돈을 챙겨 가지고 나가서 남부럽지 않게 호사스럽고 부질없는 생활에 빠져 세상 가는 줄 모르고 살아가고 있었다. 이완용은 젊은 여자와 신혼 생활에 빠져 회사는 돌보지 않고 직원들에게 모든 업무를 믿고 맡겼다. 그러나 회사 수출무역부 부장이 해외 지사장과 결탁하여 상상을 초월한 많은 돈을 횡령해서 해외로 도주를 했다.

회사는 결국 부도가 났다. 이완용 자신의 논과 밭뿐만 아니라 보증 서준 동창 선배까지도 하루아침에 알거지가 되었다. 동창 선배의 집까지 공매로 넘어갔다. 선배는 하루아침에 집을 잃고 갈 곳이 없어 친척집 바깥 사랑채에 들어가 임시로 살게 되었다. 선배와 부인은 식음을 전폐하고 공매로 외지 사람에게 넘어간 논과 밭에서 일하는 모습을 보며 누구를 원망하고 탓할 수 있단 말이냐 하며 한숨만 쉬었다. 선배는 자기 자신의 어리석음과 분함을 못이겨 돌로 자기의 손을 내려쳤다. 이 손모가지 끊어내자고 울부짖으며 산골짜기가 들썩들썩할 정도로 아이처럼 엉엉 소리 내어 울었다.

'부인이 보증을 서주지 말라는 권고를 무시하고 나중에

아들을 무역 회사에 취직시켜 주겠다고 하는 바람에 보증서에 도장을 찍어 주었던 것이 모두가 다 내 잘못이오. 부인, 우리 아들 잘 키워 주시오. 우리도 한번 잘 살아 보자고 부부가 같이 열심히 일해 왔는데 한순간의 판단 착오로 돌이킬 수 없는 실수를 하고 말았소. 아, 슬프다. 나는 먼저 세상을 떠나갑니다. 불쌍한 우리 아들딸 잘 키워주시오. 그러면 훗날에 영화가 있을 것입니다. 부족한 나를 원망만 하지 마시고 부디 나를 용서해 주시오. 먼 훗날, 천국에서 다시 만나 사기꾼 없는 세상에서 우리 행복하게 삽시다.'라고 유서를 남기고 자기가 아끼던 낫으로 스스로 목숨을 끊어 세상을 등졌다.

　아내도 남편을 따라 같이 죽고 싶었지만 남아있는 자식들을 보면 그렇게 할 수가 없었다. 사랑하는 아들과 딸을 남편의 유지대로 잘 기르겠다고 결심했다. 갑자기 거지 신세가 되었으나 주변 사람들의 도움으로 4남매를 잘 키우며 살아갔다. 아내는 남편의 사진을 아침저녁으로 보면서 아들딸들을 잘 키우겠다고 약속했다.

아내는 시장 근처에서 생선 좌판 장사를 시작했다. 주변 사람들이 그런 여자를 불쌍히 여기어 값을 깎지 않고 생선을 팔아 주었다. 이 부인의 생선 좌판은 생각보다 장사가 잘 되었다. 이 부인는 여러 해가 지났어도 남편의 사진을 매일 보며 열심히 일하며 살아가겠다고 다짐을 했다. 비록 변두리 생선 가게였지만 마을 사람들의 도움으로 장사가 잘되었다. 4남매 자식들도 잘 자라나서 각자 사회에 진출했다.

사랑채 단칸방에서 살다가 조그마한 집을 구입하여 아픈 과거를 잊고 행복하게 잘 살아가고 있었다. 가족들은 대덕무역회사 이완용이 지금 어디에서 어떻게 살고 있는지가 궁금했다. 엄마는 자식들에게 지난 이야기를 해 주었다.

"이완용은 내 집을 망쳐 놓은 사람이다. 무역 회사가 호황을 누리고 있을 때, 너희들 아버지를 찾아와 고맙다는 인사 한마디가 없었다."

그러자 큰아들이,

"우리 가정을 송두리째 망쳐 놓은 그 사람이 새 가정을 꾸미고 재미나게 살고 있다는 소문이 있어요. 우리 집안은 아직도 이렇게 어려운데 그 사람은 문안 인사조차도 없으니 찾아가서 박살을 내야겠어요."

하며 큰아들이 울분을 터트렸다.

그러나 엄마는 그래도 아버지 친구이니 용서해 주라고 자식들에게 이야기했다.

그래도 아들은,

"아닙니다. 그 사람 돈 많이 벌어 잘살고 있다는 소문이 있으니 내가 가서 그놈 다리를 부러뜨릴 겁니다."

그러나 엄마는 아들을 설득했다.

"아니다~ 사람은 덕을 쌓아야 복을 받고 잘 산다. 나도 생각하면 그 사람 목을 잘라도 시원치가 않을 정도다. 그러나 이미 다 지나간 일이니 하느님 말씀대로 우리는 용서하고 사랑하며 살자"

그러나 아들은 수소문해서 대덕무역회사 이완용을 찾아가 보았다.

그런데 그는 판자촌에서 혼자 누워 자고 있었다. 뜻밖의 광경에 놀라 사연을 알아보았다. 무역 회사가 호황을 누리며 회사 규모가 크게 늘어났었다. 그러자 그는 호사스러운 생활 속에 회사 일을 등한시했고 젊은 아내도 방탕한 생활을 했다. 그러는 사이 회사의 수출무역 담당 상무이사가 수출 대금과 또 회사를 담보로 거액을 대출받아 해외로 잠적했다. 하루아침에 잘 나가던 무역 회사가 산산조각이 나버렸다. 젊은 아내도 회사가 망하니까 있는 돈을 모두 챙겨 가지고 아무말 없이 집을 나가버렸다. 그에게 남은 것이라곤 손에 쥐고 있던 약간의 현금뿐, 가족도 재산도 모두 다 날아가 버렸다. 이완용은 회사에 희망이 보이지 않자 자살을 시도했는데 죽지도 못하고 전신마비가 되어 버려서 이젠 마음대로 자살도 못하고 지인의 도움으로 겨우 판잣집 단칸방에서 살고있는 것이었다.

큰아들은 아버지 친구 이완용에게 돈을 받으러 갔다. 그러나 그는 사람도 잘 알아보지 못하고 중풍으로 처절하게 누워 있는 모습이 마치 죗값을 치르고 있다는 생각이 들었다. 아들은 혹 떼러 갔다 혹 붙이고 온다는 속담이 생각났다. 어머니는 궁핍한 생활에 허덕이는 남편의 옛 동창을 목격하니 갑자기 우리 집을 망하게 한 복수심보다는 가련하고 무거운 마음이 앞선다고 말했다.

아들은 어머니에게

"어머니~ 이 사람은 본심이 검은 사람입니다. 돈 좀 벌었다고 본처를 버리고 새 가정을 꾸미고 방탕한 생활을 한 것을 보면 본래 마음씨가 나쁜 사람입니다. 지금 그는 죗값을 받고 있는 것입니다. 어머니 더이상 불쌍하다 생각하지 마시고 이제 그만 우리 집에 갑시다."

그런데 어머니는 아들에게,

"아니 된다. 우리 집이 완전히 망해 갈 곳이 없어 가족 모두 같이 죽으려고 생각도 했었으나 너희들이 불쌍하여 죽지 못하고 살았다. 다행히도 주변 사람들의 도움으로 우리가 오늘의 행복을 누릴 수 있게 되었다. 이 모두가 세상을 떠난 너희 아버지께서 악하게 살지 않고 덕을 쌓아 가면서 살아가신 은덕이다. 우리도 네 아버지의 이완용 씨에 대한 옛정을 생각하여 이 사람을 사랑으로 용서해 주고 가자."

하면서 어머니는 돈 봉투를 그의 머리맡에 놓고 아무 말 없이 아들과 같이 집으로 돌아왔다.

"사람이 부호가 되든지 사회적으로 출세하여 어떤 보이지 않는 힘이 있다고 남용하면 말년에 불행을 가져오는 것은 자연의 섭리이다. 선하고 덕을 쌓으면 마지막으로 세상을 떠날 때 후세 사람들로부터 박수를 받는다. 우리들은 이와 같이 살아 가자."

라고 어머니께서 자녀들을 모아놓고 훈계했다.

서울 안에 있는 태고의 숲 탄천

태고 때부터 변함없이 흐르는 탄천은 자연 그대로의 물길이다. 탄천은 현대인들이 삶의 굴레를 벗어나 여유롭고 한가한 시간을 누릴 수 있는 아름다운 공간으로 서울 시민들의 커다란 사랑을 받는 곳이다.

탄천의 수로는 매년 여름 장마가 지나고 나면 웅덩이가 모래사장으로 바뀌고 모래사장은 다시 웅덩이로 바뀌며 해마다 변화를 반복하고 있다. 숲속에서는 어떤 나무가 홍수로 쓰러져 죽기도 하고, 또 어떤 나무는 죽은 기둥에서 싹이 여러 개 돋아나 여러 개의 나무로 자라나기도 한다. 가을을 재촉하는 크고 작은 풀벌레들의 소리도 다양해서 벌레들의 울음소리가 마치 교향곡을 연주하는 듯하여 산책하는 사람들의 귀를 즐겁게 해준다. 탄천에는 계절에 따라 모여드는 새들의 종류도 오리, 기러기, 백로 등 다양하여 볼 만한 구경거리가 되기도 한다.

 탄천의 이름은 두 가지로 불린다. 하나는 한자어의 '탄천(炭川)'이고, 또 다른 하나는 순우리말 '숯내(숯처럼 검은 개울)'이다. 강원도에서 한강을 따라 목재를 뗏목으로 싣고 와서 탄천 상류 주변에서 숯을 만들었다. 이로 인하여 탄천 물이 검게 변해서 '숯내'라고 이름이 붙여졌다는 설이 있다.

 탄천에는 '삼천갑자 동방삭'과 관련한 설화가 있다. 옛날에 3천 년에 한 번 열매를 맺는 선도(仙桃)라는 복숭아가 있었다. 동방삭이 중국 한나라 서왕모의 선도를 훔쳐먹고 장생 불사해 삼천갑자(1,800년)를 살고 있었다. 옥황상제가 저승사자인 강림차사에게 하늘의 뜻을 어기고 삼천갑자를 살고 있는 동방삭을 잡아 오라고 명하였다.
 하늘에서 마을로 내려온 강림차사는 동방삭을 찾을 방법을 곰곰이 생각했다. 어떻게 하면 동방삭을 찾을 수 있을까 강림차사는 궁리 끝에 그 마을 사람들 모습의 옷으로 갈아

입고 냇가에 앉아 검디검은 숯을 씻기 시작했다. 숯이 속까지 검어서 아무리 씻어도 하얘지지 않았다. 그때 한 노인이 강림차사가 숯을 씻고 있는 모습을 보고 무엇을 하고 있냐고 물었다. 강림차사는 노인에게 숯이 더러워서 씻고 있다고 대답했다. 그러자 그 노인은 너무 재미있다는 듯 껄껄껄 웃으며 강림차사에게 말했다.

"하하하, 내가 삼천갑자를 살면서 이런 말도 안 되는 소리는 처음 듣소."

말이 끝나기가 무섭게 저승사자로 돌변한 강림차사는 재빨리 노인을 사로잡았다.

"네놈이 바로 삼천갑자 동방삭이로구나!"

호령하며 불로장생하고 있던 삼천갑자 동방삭을 저승사자 강림차사가 저승으로 잡아갔다.

서울 송파구의 '송파 둘레길'은 그 길이가 21km이다. 내가 평소 산책하는 곳은 광평교에서 장지천까지 약 2km이다. 내가 항상 산책하는 탄천 변 이야기를 해보려고 한다.

송파 둘레길은 남쪽으로 갈 때는 우측에 탄천 변 쪽으로 산책로가 있고, 좌측의 둑방 쪽으로는 자전거 도로가 있다.

산책로와 자전거 도로 사이에는 사고 예방을 위한 안전 화단이 설치되어 있다. 이 화단에는 4계절 변함없이 여러 가지 꽃이 피어 산책하는 사람과 자전거 라이더들의 기분을 항상 기쁘게 해 준다.

 탄천을 산책하는 사람들은 4계절 내내 남녀노소 많은 사람이 자신들의 건강을 지키기 위해 걷는다. 산책하다가 간혹 젊은 커플들이 손을 잡고 뛰어가는 모습을 보면 부럽기도 하고 아름답기도 하다. 몸이 불편한 노인들이 서로 손을 잡고 다정하게 걸어가는 모습, 젊은 부부들이 아이들의 손을 잡고 걸어가는 모습, 강아지 유모차에 애완견을 태우고 걸어가는 사람 등등 탄천을 걷고 있는 사람들의 모습은 참으로 다양하다. 때로는 걷다가 중간 쉼터에 앉아서 걸어가는 사람들의 모습을 구경하는 것도 흥미로울 때가 많다.

 자전거를 타고 가는 사람 들 중에 때론 한가로이 천천히 자전거 핸들을 잡지도 않고 양손을 뒷짐 지고 자전거를 타고 가거나, 또는 양산을 쓰고 세월 가는 줄 모르고 걸어가는 사람들을 바라보고 있으면, 만사 태평스럽게 보여 그들이 마냥 행복하게 보인다. 또 두 사람이 같이 탈 수 있도록 앞뒤에 안장과 페달이 있는 자전거를 두 남녀가 박자를 맞추어 타고 가는 모습도 참으로 자연스럽고 다정하게 보여 그들이 오래도록 행복하기를 마음속으로 빌어준다. 특히 휴일에 20여 명 이상씩 무리를 지어 경기용 자전거를 타고 번개같이 달리는 사람들은 마치 올림픽에 출전한 선수들이 달리는 모습과도 흡사하여 매우 부럽기만 하다. 그들은 무리 지어 달리다가 앞에서 천천히 자전거를 타고 가는 사람을 추월할 때는 무리의 선두에서 달리던 사람이 손을 흔들고 추월하라는 신호를 주는 손동작들을 보면 그들은 잘 훈련된 자전거 동호인들 같다.

갈매기가 잉어 잡는 광경

광평교 상류 쪽에는 작은 보가 설치되어 있어 항상 물이 고여 있다. 겨울 동안 물속에 있던 물고기들이 봄이 되어 날씨가 따뜻해지면 물 위로 올라와 떼를 지어 논다. 특히 탄천에는 큰 잉어가 많이 살고 있다. 공중에서 선회하던 새들이 물속에서 물고기들이 떼를 지어 노는 모습을 노려보다가 급강하하여 물고기를 낚아채 간다. 이때 낚아 채인 큰 물고기 중에 어떤 물고기는 공중에서 요동을 치다 지상으로 떨어지기도 한다. 이때 운이 나쁘면 개천이 아닌 숲속에

떨어져 그 물고기는 또 다른 새들의 먹이가 되어버린다. 그러나 운이 좋아 개천으로 떨어지게 되면 다 죽었던 목숨이 살아나기도 한다. 공중에서 새가 낙하하기 시작하면 어느새 그 많던 물고기들이 각자 뿔뿔이 흩어져 물속 깊이 급히 몸을 숨긴다. 그리하여 물고기들이 새들의 먹잇감에서 벗어나게 될 때도 많다.

탄천에는 여러 종류의 새가 살고 있다. 흐르는 개천의 폭이 넓어서 물의 흐름이 완만하고 깊이가 얕으나 물고기는 위험을 무릅쓰고 탄천의 상류 쪽으로 헤엄쳐 올라간다. 그러면 새들은 이 기회를 놓치지 않고 물고기를 낚아채서 맛있게 허기를 채우고 유유히 날아 보금자리로 돌아간다.

탄천 건너편 숲 근처에서는 고라니가 떼를 지어 돌아다니며 놀고 있다. 산책하는 사람들은 도심에서 보기 드문 이러한 광경을 카메라에 담기 위하여 가던 걸음을 멈추는 사람들도 많다. 많은 암수 고라니 떼가 무슨 까닭으로 탄천의 한가한 곳을 찾아 이렇게 살고 있을까? 그들의 사연이 우리 도시인들에게는 커다란 흥밋거리가 되기도 한다.

삼복더위의 탄천

 대장간의 화덕과 같은 찜통더위 속에 들판의 곡식 익어가는 소리는 가을의 풍요로움을 알리는 노랫소리와도 같다.

 서편 하늘에 석양의 저녁노을이 붉어지자 7년 동안 어두운 땅속에서 참고 살아왔던 매미가 이 밝고 좋은 세상에 태어나서 열흘 남짓 살다가 다시 땅속으로 가야만 한다. 매미는 너무도 억울하고 슬퍼서 폭염도 아랑곳하지 않고 아침저녁으로 밤낮 가리지 않고 울어댄다. 땅속에서 7년을 견디다 나온 매미가 최소한 한달 만이라도 살다가 땅속으로 들어가면 좋겠다는 생각이 든다.

영국의 템스강보다 넓어진 탄천

 날씨가 무더워서 그냥 넘어갈 수가 없나 보다. 남쪽에서 짙은 먹구름이 몰려오기 시작하더니 장대 같은 비가 쏟아지기 시작했다. 깨끗하고 물이 맑아서 물고기 노는 모습을 잘 볼 수 있었던 탄천에 삽시간에 붉은 황토물이 몰려와서 거세게 흐르기 시작했다.

 탄천 양쪽에 있던 아름다운 숲이 사라졌다. 송파 둘레길의 산책로와 자전거 길도 다 사라져 버렸다. 광평교 위에서 많은 주민이 무서울 정도로 급물살이 흐르는 탄천을 바라보며 걱정스러워했다. 여름 장마철에는 탄천이 조그마한 개울이 아니고 한강이나 영국의 템스강에 못지않은 넓은 강으로 변하여 많은 황토물이 춤추듯 출렁거리며 광평교 다리에 부딪히는 소리는 마치 천둥 치는 소리와 같다.

비가 그치자 아름다운 숲은 황토를 뒤집어쓰고 사라진 듯 보이지 않고 하류를 향해 누워 있다. 탄천 주변은 마치 황토평야로 변한 듯했다. 아름다운 숲은 모두 어디론가 사라진 것 같았다.

그런데 다음날 다시 소나기가 내렸다. 탄천은 아직도 황토물이 흐르고 있으나, 탄천 양쪽의 숲은 소나기로 목욕을 하여 다시 예전과 같은 푸른 숲으로 돌아왔다. 소낙비의 힘이 이렇게 크다는 것을 지금까지 모르고 있었다니!

홍수로 탄천의 물줄기가 변하여 낯설기도 했으나 땅이 비옥해져서 과거와 달리 많은 꽃이 피고 숲도 더욱 우거져 새로운 탄천을 만들어 놓았다. 송파구청에서 산책로와 자전거 길을 물청소하여 한층 더 깨끗해져서 새로운 탄천이 생겨난 듯하여 기분이 매우 좋았다. 때마침 불어오는 산들바람에 흔들거리는 코스모스와 짙은 숲을 보기 위하여 많은 사람이 다시 탄천로를 찾아와 산책을 즐기고 있다.

　지겹도록 오랫동안 지속된 폭염이 사라지고 탄천 변 숲속에서 북풍과 같이 불어오는 산들바람은 탄천 변에 산책 나온 사람들의 어깨춤을 절로 나오게 만든다. 탄천의 갈대숲에 어느새 피었는지 많은 갈대가 가을바람에 춤을 추듯이 흔들거리고 있다. 홍수로 비옥해진 탄천 변 나무와 풀도 가을을 만끽하는 듯 각양각색의 다양한 꽃을 피우고 있다. 벌과 나비도 아직 많지는 않지만 제법 많은 가을꽃을 축복이라도 하듯 푸른 가을 하늘 아래 모여들고 있다.

　이따금 갈대 숲속에서 소리치며 날아가는 꿩은 한층 더 가을 하늘을 풍요롭게 해 주고, 푸른 가을 하늘을 한층 더 돋보이게 한다. 특히 늦가을에는 북쪽에서 남쪽으로 날아오는 철새들의 쉼터가 되기도 한다. 그러나 이곳이 자신들이 한겨울을 보낼 곳이 아님을 알아차린 듯 잠시 노닐다가 다시 남쪽으로 모두 다 날아가 버린다.

　설악산의 단풍이 아름다운 것처럼 탄천의 잡목과 잡풀의 단풍을 자세히 들여다보면 매우 아름답다. 쌀쌀한 가을날에 여름 복장을 하고 마치 신발을 훈장처럼 어깨에 매달고 맨발로 힘차게 뛰어가는 사람도 있다. 사람들의 이목을 끌기에 충분한 모습이다.

10월1일 국군의 날 행사 준비

하늘엔 구름 한 점 없고 가끔 흰 구름만 뭉게뭉게 떠 있는데 성남 비행장을 중심으로 오색 연기로 태극기 그림을 만드는 전투비행단을 구경하기 위해 광평교 주변에 많은 인파가 모여 있다. 탄천에서 한가하게 놀고 있던 새들은 전투비행기가 급강하했다 다시 급상승하는 굉음에 놀라 대모산 쪽으로 떼를 지어 날아 올라가는 모습 또한 아름다운 볼거리다. 광평교 주변에 있던 주민들은 재미있는 듯 연신 박수를 쳐댄다.

초겨울에 여름 하복 차림으로 젊은 부부가 힘차게 뛰어가는 모습이 그저 부럽기만 하다. 또 어떤 사람은 신발을 벗어 목에 두르고 맨발로 마라톤 하듯 땀을 흘려가며 뛰어가는 사람도 있다. 맨발로 뛰거나 걸으면 혈액 순환을 촉진하여 그냥 걷는 것보다 건강증진에 더욱 효과가 있다고 한다.

한겨울 혹한에도 흐르는 탄천 물은 얼지 않는다. 여기저기 넓은 웅덩이에는 지나가는 철새들이 모여서 이리저리 헤엄치며 돌아다니다가 갑자기 먹이를 사냥하기 위하여 급하게 자맥질하는 모습은 마치 다이빙 선수가 높은 곳에서 뛰어내리는 모습과 흡사하다. 때로는 눈이 많이 내려서 탄천 주변은 산이나 길이나 모두 깨끗한 흰 눈으로 덮여 있어 한 폭의 동양화 같기도 하다. 얼지 않은 탄천 웅덩이에서 철새들은 잠시 온천 목욕하듯 평화스럽게 노닐다가 북쪽으로 날아가 버린다.

끝으로 탄천은 계절에 따라 아름다운 풍경을 서울 시민들에게 보여주고 있다. 특히 송파구청에서 탄천의 자연환경을 유지 관리하는 데 많은 노력을 기울이고 있다. 시민의 한 사람으로서 감사의 말을 전하고 싶다.

등단작가 김용석
(소설·수필) 작품집

....

지은이 : 김 용 석   편집인 : 이 진 훈   발행인 : 유 재 경

예 다 인
서울특별시 중구 충무로7길 21
전　화 : 02 2266 5005
팩　스 : 02 2266 9119
손전화 : 010 4357 5005
w8585@hanmail.net

펴낸날 : 2025.1.1
값 : 15,000
ISBN 979-11-989430-3 3